어느 날 마음속에 나무를 심었다

어느 날
마음속에

나무를 심었다

권남희
에세이

My Dog's
Diary

이봄

나무가 떠났다.
정하가 나무 사진을 보며 말했다.

"나무는 전설 속 동물이었던 것 같아."

아, 그렇구나.
우리는 전설 속 동물과
행복한 꿈을 꾸다 깨어났구나.

나무는 귀엽지만 무뚝뚝하고, 예쁘지만 털털하고, 얌전하지만 식탐 많은 블랙 시추였다. 그 나무가 14년을 살고 무지개다리를 건넜을 때, 무슨 계시처럼 '어느 날, 마음속에 나무를 심었다'라는 문장이 떠올랐다.

그 말이 너무 좋아서 '언젠가 나무 이야기를 쓴다면 제목으로 써야지'라고 생각했다. 꿈 같다. 설마 현실이 될 줄이야. 이것은 나무가 주고 간 숙제일까, 선물일까.

반려동물은 먹고 자고 뒹굴며 그저 내 곁에 존재하기만 할 뿐인데, 그 작은 몸에서 방향제처럼 행복이 뿜뿜 뿜어 나온다. 보호자는 그 행복을 누리면서도 마음 한편으론 언젠가 올 이별에 불안하다. 반려동물이 나이를 먹을수록 불안도 같이 커진다. 이 아이가 없는 세상이 오는 게 두려워진다.

우리 집도 그런 불안증이 심했다. 나무를 중심으로 지구가 도는 집이었으니까. 하지만 나무가 떠난 지 2년, 하늘에서 나무가 섭섭해할 정도로 씩씩하게 잘 살고 있다. 이별의 형태는 마음대로 할 수 없지만, 이별을 받아들이는 자세는 마음대로 할 수 있었던 것이다.

끊임없이 마인드 컨트롤을 했다. 나무는 멀리 간 게 아니라, 내 마음속으로 옮겨온 거다, 외출할 때 혼자 두지 않아도 되니 얼마나 좋아, 마음속에서 내 눈물을 먹으면 안 되니 울면 안 돼, 등등. 덕분에 목숨처럼 사랑한 반려동물과 헤어졌지만, 펫로스 증후군이 없었다.

그래서 문득 반려동물을 키우는 분들이나 펫로스로 힘들어하는 분들을 위해 책을 써볼까 하는 생각을 하게 됐다. 그렇게 두려워하지 마세요, 그렇게 아파하지 마세요, 하는 말을 전하고 싶어서. 감히 내가 써도 될까, 하고 머뭇거릴 때, 정세랑 작가가 메일로 이런 격려를 해주었다.

"주변에 펫로스로 힘들어하는 친구들에게 꼭 선물하고픈 책이 될 것 같아요. 저도 너무 읽고 싶고요. 샘 특유의 문장만이 슬퍼하는 사람들의 슬픔을 크게 덜어줄 수 있을 거라 믿어요. 그 어려운 일을 할 수 있는 작가는 매우 적을 거라고 짐작합니다. 그저 빨리 써주셨으면 하는 소망만 있습니다."

그러고 나서 얼마 후, 친구에게 "강아지를 보내고 무척 힘들어하는 사람이 있는데 추천할 만한 책 없을까?"라는 카톡이 왔을 때 이렇게 답장했다. "응, 이제 내가 쓸 거야."

그렇게 쓰기 시작했지만, 알고 있다. 반려동물이 살아서 돌아오는 것 말고는 아무 글도 아무 말도 위로가 되지 않는다는 것을. 스스로의 마인드 컨트롤 이외에 극복 방법이 없다는 것을.

14년 동안 꾸준히 기록한 나무 이야기와 나무를 보낸 이후 우리 모녀의 이야기가 반려동물과 함께하고 있는 혹은 보내신 분들에게 조금이라도 위안이 됐으면 좋겠다.

권남희

차 례

2 나무 덕분에 세상이 아름다워지고 있다

3 좀 천천히 늙어가자, 나무야

4 나무가 어딘가 이상해졌다

1

우리 집에
나무가 왔다

동물을 좋아하지 않았다

20대 중반에 일본에서 살 때, 어느 일본인 집에 놀러간 적이 있다. 그 집에는 고양이가 있었는데, 동물을 좋아하지 않았던 당시의 나는, 고양이를 특히 무서워했다. 멀리서 보이기만 해도 다리가 후들거렸다. 그런 고양이가 같은 공간에 있었다. 진한 고동색에 검은색이 섞인 털에 살이 푸둥푸둥 찐 할머니 고양이가 해태상처럼 선반에 앉아서 나를 노려보았다. 남의 집 귀한 고양이를 무서워하는 건 실례이므로 내색하지 않으려, 최대한 고양이 쪽을 보지 않고 있었다.

그런데 하필 일본인 할머니가 "권상은 정말 참하고 얌전하고 어쩌고~" 하는 얘기를 하고 있을 때, 고다쓰 아래로 고양이 꼬리가 내 다리를 스치고 지나갔다. 순간 나도 모르게 "으아악!" 하고 비명을 질렀다. 얌전한 줄 알았던 권상의 오두방정과 사랑하는 냥이를 극혐한다는 사실에 분위기는 순식간에 싸해졌다.

번역 초창기에 어느 출판사에 갔더니 대여섯 마리의 고양이들이 좁은 사장실을 누비고 다녔다. 길고양이를 한 마리 두 마리 데리고 오다 보니 그렇게 됐다고 했다. 몇 마리는 높은 책장에 앉아서 나를 보고 있고, 몇 마리는 정신없이 돌아다녔다. 조금 과장하자면 호랑이 우리에 있는 기분이었다. 너무 무서워서 계약이고 뭐고 뛰쳐나가고 싶었다.

개라고 다르지 않았다. 지인 집을 방문할 때 그 집에 개가 있으면 방에서 나오지 않게 해달라고 정중히 부탁하곤 했다. 어떤 동물이든 나와 관계없이 살아가는 것은 괜찮지만, 같은 공간에 있으면 심한 공포에 떨었다. 그랬던 내가, 세상에, 어느 날 개를 키우게 된 것이다.

그것은 정하가 초등학교 5학년 때였다. 정하와 나는 무엇이든 함께하고, 어디든 같이 가고, 늘 재잘재잘 할 얘기도 많은 친구 같은 모녀였다. 평일에는 정하가 좋아하는 보드카페에도 놀러가고 주말에는 좀 더 멀리 나들이를 가고, 방학 때는 더 멀리 여행을 갔다.

나는 열심히 번역을 했고, 정하는 숙제도 공부도 자기 할 일은 혼자 알아서 잘했다. 내가 일하다 동트는 새벽에 잠들면 정하는 혼자 일어나서 학교에 갔다. 학교 가라고 아침에 아이를 깨우는 일은 우리 집에서 절대 볼 수 없는 풍경이었다. 그런 정하에게 나는 되도록 하고 싶은 것, 먹고 싶은 것, 가고 싶은 곳, 원하는 대로 들어주려고 노력했다. 소중한 딸에게 결핍을 느끼지 않게 해주고 싶었다.

그러나 단 한 가지, 들어줄 수 없는 희망사항이 있었다. 강아지를 키우고 싶다는 것. 강아지를 만지지도 못하는 나로서는 들어줄 수 없는 소원이었다. 어릴 때부터 동물을 무서워한 나의 역사를 얘기하며 키울 수 없다고 누차 말했지만, 날이 갈수록 간절히 강아지 얘기를 해서 결국 미션을 걸었다.

"좋아, 그럼 네가 전교 1등 하면 키우자."

정하도 흔쾌히 "콜!"이라고 했다. 정하 성적으로 별로 무리한 미션이 아니었던 것이다. 미션이 진행되던 어느 날, 항상 일정한 시간에 하교하던 정하가 평소보다 30분 늦게 집에 왔다. 무슨 일이 생겼나 하고 걱정하고 있는데, 집에 온 정하의 대답에 심장이 쿵 떨어지는 소리가 들렸다.

"집에 와 봤자 엄마는 일만 하고……. 동네 한 바퀴 돌다가 왔어."

그랬구나, 우리 강아지 하고 태연한 척 넘어갔지만, 그 말을 듣는 순간 가슴이 찢어질 것 같았다. 아이를 외롭게 만들었다는 죄책감에 밤새 잠이 오지 않았다. 날이 밝아오는 걸 보며 과감하게 결심했다. 그래, 강아지를 키우자.

인생은 타이밍, 놀러가는 인터넷 친목 카페에 때마침 시추를 분양한다는 글이 올라왔다. 한 달 전, 부산에 사는 반달 님이 키우는 개가 새끼를 여섯 마리 낳았다며, 엄마 젖 빠는 올망졸망한 강아지들 사진을 올렸을 때만 해도 아무 느낌이 없었다. 반달 님네 개가 새끼를 낳

앉구나, 끝. 그랬는데 강아지를 키워야겠다고 마음먹은 지 얼마 되지 않아서 그 반달 님이 강아지 한 마리를 분양한다는 글을 올린 것이다. 눈이 반짝반짝. 오오! 얼른 내가 키우고 싶다고 댓글을 달았다.

우리 집에 강아지가 오다

반달 님이 '사랑이'라는 강아지를 분양해주기로 했다. 보름 정도 엄마 젖을 더 먹인 뒤에 서울로 데려다준단다.

정하와 나는 그동안 인터넷을 검색하여 강아지에게 필요한 물품을 마구 사들였다. 강아지 집, 강아지 펜스, 밥그릇, 사료, 장난감, 치약, 샴푸, 발톱깎이, 촘촘한 빗과 성긴 빗. 강아지 키우는 법도 인터넷으로 예습했다.

무엇보다 중요한 것, 이름 짓기. 날마다 세상의 온갖 예쁜 단어들을 주워 모았다. 매일 수십 개의 이름을 지어서 불러보다 버리고, 또 지었다. 반려동물 이름은 받침이 없어야 아이들이 잘 알아듣는다고 해서, 받침이 없는 이름을 고르다 어느 날, 둘 다 "빙고!"를 외쳤다. 나무!

나무야, 하고 부르기도 쉽고, 무엇보다 푸르른 나무처럼 오래오래 건강하길 바라는 마음으로 우리는 새 식구에게 '나무'라는 이름을 지어주기로 했다.

드디어 부산에서 KTX를 타고 올라온 생후 45일생 사랑이를 만났다. 물컹한 느낌이 싫어서 한 번도 개를 만져본 적도 없는 내가 태어나서 처음으로 개를 안았다.

사랑이는 두 손 안에 쏙 들어올 정도로 조그마하고 따듯했다. 동그랗고 까만 눈, 갓난아기의 새끼손톱보다 작은 코, 코만큼 작은 입, 너무 작아서 잘 보이지 않는 분홍색 혓바닥. 하얗고 짙은 고동색 털을 가진 아이는 그냥 그대로 강아지 인형이었다. 너무 예쁘고 귀여웠다.

사랑이를 만난 정하는 좋아서 어쩔 줄 몰랐다. 반달 님은 그 예쁜 아이를 우리한테 안겨주고 돌아서며 눈물을 흘렸다. 이마의 털이

하트 무늬여서 사랑이라고 이름 짓고, 여섯 마리 강아지 중 유일하게 직접 키우려고 마음먹었던 아이를 보내는 마음이 얼마나 아팠을까……를 깨달은 것은 나무를 키우고도 한참이 지났을 때였다.

친엄마와 헤어진 사랑이는 부산에서 KTX를 타고 서울에 올라와서 정 많은 보호자와 헤어지고, 어리바리한 새 보호자를 만나 다시 30여 분 지하철을 타고 겨우 앞으로 살 집에 도착했다. 1킬로그램 남짓한 조그만 아이에게 얼마나 길고 힘든 하루였을까. 그렇게 힘들게 왔는데 새 보호자가 개를 키운 경험도 없는 순도 100퍼센트 개알못인 사람이라니.

낯선 도시, 낯선 집에 온 강아지의 마음이 얼마나 불안했을까. 그때는 그런 생각조차 하지 못했다. 강아지에게도 마음이 있다는 걸 몰랐다. 사실 새 식구를 만난 기쁨보다 정하와 약속을 지켰다는 안도감과 앞으로 이 개를 어떻게 키우나 하는 암담함이 더 컸다.

다행히 개발랄한 이 강아지, 피곤하지도 않은지 오자마자 집 안을 돌아다니다 용케 자기 집을 알아보고 쏙 들어가더니 이내 잠이 들었다. 부산에서 올라온 아기 시추 사랑이는 그렇게 우리 집에 와서 '나무'가 되었다.

새 식구 나무

　한 뼘짜리 나무는 귀엽고 예쁜 거야 두말할 나위가 없고, 영리하기까지 했다. 동거 첫날에 안방과 정하 방은 들어오면 안 된다고 가르쳤더니, 정말로 문턱까지만 오고 방 안으로 들어오지 않았다. 대신 아침에 거실로 나가면 어디서 찾았는지 에어팩을 다 뜯어놓고 현관에 있던 신발을 여기저기에 디스플레이해놓았다. 아무 데나 쉬와 응가를 해놓는 건 기본이다. 배변 훈련을 위해 나무 집 옆에 배변판을 놓고 주변에는 신문지를 쫙 깔았는데 나무는 배변판과 신문지에만 쉬를 하지 않았다. 자기 구역이니 깨끗하게 써야 한다고 생각하나보다. 좋은 정신이긴 하다만, 민폐야, 그거…….

　아직 한참 잠이 많을 때인 어린 강아지 나무는 밥 먹다가도 퍼억 엎어져서, 자고 놀다가도 퍼억 엎어져서 자고, 잠시 재롱 좀 부리다 퍼억 엎어져서 잔다. 주먹 두 개만 한 강아지 모습이 어찌나 귀여운지 퍼억 엎어질 때마다 우리는 동시에 꺄악 하는 비명을 질렀다.

나무 집은 현관 옆에 두었는데 아침에 보면 안방 앞에 와서 자고 있다. 우리보다 먼저 깰 때는 낑낑거리며 문밖에서 그 면봉 같은 발바닥으로 방문을 오잇오잇 긁었나. 일주일쯤 지나니 나도 '동물'을 대하는 마음이 좀 너그러워져서 나무 집을 방문 앞으로 갖다 놓고 우리 사이를 가로막은 방문도 열어놓고 잤다.

다음 날, 이른 아침에 뭔가가 알짱거리는 느낌에 깨어보니 나무가 머리맡에서 낑낑거리며 왔다 갔다 하고 있었다. 개는 개, 사람은 사람이라고 방문턱을 넘지 않게 하려던 나의 굳은 결심을 일주만에 무너뜨린 나무. 그 작고 가녀린 것을 따로 재울 생각을 했다니. 정말로 철이 없는 보호자였다.

나무는 사고뭉치

강아지와 아기는 비슷한 점이 많았다. 특히 조용하다 싶어서 들여다보면 사고 치고 있는 점. 아기들도 조용해서 가보면, 티슈 상자의 티슈를 뽑고 있거나 만지면 안 될 것을 물어뜯고 놀고 있는데 강아지도 마찬가지였다.

어쩐 일로 끼끼대지 않고 잘 노네 싶어서 내다보면 어김없이 일을 저지르고 있다. 아까도 정하가 학교 가니까 따라가고 싶어서 끼잉끼잉 우는 걸 내버려두고 들어왔다. 한참 지나서 어째 조용하다 싶어 살짝 문을 열어 보니, 현관에 있는 정하 샌들을 물고 와서 물어뜯고 있는 게 아닌가.

너를 버리고 가시는 님, 십 리도 못 가서 발병 나라는 기원을 담은 퍼포먼스니. 하여간 자지 않는데 조용할 때는 무슨 일이든 일어나고 있다.

들어가면 안 될 곳에 들어가서 놀고 있거나 입에 넣으면 안 될 것을
빨고 있거나. 이제 점점 가족이 되어가는 나무.
그래서 점점 사람처럼 구는 나무.
나무야, 사람처럼 굴려면 일단 똥오줌부터 가려야 하지 않겠니.

앞날이 캄캄

정하는 나무가 와서 좋아서 어쩔 줄 모르지만, 어린이가 무얼 하겠는가. 어차피 나무 뒷바라지는 내 몫이다. 배변 훈련을 위해 사방에 깔아놓은 신문지 때문에 집도 지저분하고, 용하게도 배변판과 신문지만 피해서 쉬를 하니 곳곳에서 발에 시원한 감촉을 느끼기 일쑤다. 코도 골고, 잠꼬대도 하고, 천장 보며 벌렁 드러누워서 자고, 자다가 또로록 뒹굴기도 하고. 원하는 게 있으면 앞발로 툭툭 치고, 사람과 별다를 바가 없는 녀석. 이 방 저 방 돌아다니면서 놀다가 잘 때는 꼭 자기 집에서 자는 걸 보면 뭘 알긴 아는 것 같은데……. 님, 왜 배변판은 모르세요. 귀엽긴 엄청 귀엽지만, 안정이 안 된다. 번역하기도 바쁜데 종일 천방지축 강아지한테 신경 써야 한다. 나도 모르게 자꾸 투덜거리니 정하는 행여 내가 나무를 구박할까봐 노심초사. 아, 내 생명 간수하기도 버거운데 또 하나의 생명을 키우다니. 내 인생은 늘 이렇게 충동적인 판단의 연속이었지.

시행착오와 은혜로운 동물병원

나무를 데리고 오기 전부터 인터넷에서 온갖 애견 상식을 읽어가며 예비지식을 챙겼다.

시추는 식탐이 많으니 먹을 걸 적게 줘야 한다. 적게 먹여야 작게 큰다. 처음부터 위를 작게 만들어야 한다. 환경에 적응되면 바로 배변 훈련을 시켜야 한다. 어릴 때 안 시키면 길들이지 못한다. 아무 데나 싸면 신문지로 몽둥이를 만들어서 때려라.

개에 관해 아무것도 모르는 사람이니 그렇게 키우는 건 줄 알고 그대로 실천했다(신문지 몽둥이로 때리진 않았지만). 그런데 그게 잘못된 정보였다는 것을 2주 뒤에 알게 됐다.

집에서 가까운 동물병원에 1차 예방접종을 하러 갔다. 당시 나무는 1.3킬로그램이었다. 수의사 선생님은 과묵하게 접종만 할 뿐, 강아지 키우기에 관해 아무런 멘트가 없었다. 내가 먼저 물어보았다.

"사료는 어느 정도 주면 좋을까요?"

초보자의 물음에 종이컵 어느 정도 분량이라거나 몇 그램이라는 는 식으로 알려주면 좋았을 텐데, 이분 대답. "변이 묽으면 많이 먹어서 그런 거니까 줄이면 돼요." 이 불친절한 엉터리 대답을 듣고 한동안 나무 변이 묽어서 얼마 안 주는 사료를 더 줄였다……. 아마도 나무가 이 병원에 계속 다녔더라면 나무는 무지한 보호자와 무심한 수의사 때문에 일찍이 아사했을지도 모른다. 그러나 천우신조!

정하가 친구에게 시추 키운다는 얘기를 했더니, 마침 그 친구도 시추를 키운다며 친절한 동물병원을 가르쳐주었다고 한다. 집에서 버스로 세 정거장 거리였지만, 2차 예방접종은 그곳에서 하기로 했다. 경축! 나무는 이곳에서 생명의 은인을 만났다.

수의사 선생님은 나무를 보자마자 "기아 수준인데요. 얼마나 먹을 걸 안 주셨길래. 이렇게 마르면 접종을 할 수 없어요. 실컷 먹여도 모자랄 때인데……"라고 하셨다. 아기들에게 뚱뚱하다고 말하지 않듯이 강아지도 생후 6개월까지는 실컷 먹어야 한단다. 배불리 먹게 주라고, 우리가 평소 주는 양보다 열 배 내지 스무 배는 더 주라고 했다. 선생님이 사료를 한 움큼 꺼내서 주니 나무가 허겁지겁 환장하고 먹었다. 애를 정말 굶겼구나, 하고 심한 죄책감을 느꼈는데, 알고 보니 시추란 견종이 식탐대마왕이어서 그랬다. 나무는 일생 그렇게 허겁지겁 잘 먹었다.

그나마 우리 집에 온 지 얼마 되지 않아서 이 사실을 알게 되어 얼마나 다행인지. 생각할수록 아찔하다. 배변 훈련도 일찍 하면 자기 변을 먹는 식분증이 생기니 6개월이 지나면 하라고 했다. 잘못된 정보로 인해 사료도 조금 주고 배변 훈련도 일찍 시키고. 하마터면 나무를 기아에 허덕이며 똥 먹는 강아지로 키울 뻔했다.

선생님은 미션을 주셨다. 접종을 위해 나무 체중을 늘려 오라는 것. 나무가 저체중으로 주의를 받은 것은 이것이 처음이자 마지막이다. 한두 해 뒤부터 평생 다이어트를 하며 살게 된다. 선생님은 반려동물을 처음 키우는 우리에게 많은 조언을 해주셨다. 선생님도 정하처럼 초등학교 5학년 때부터 강아지를 키우셨다며, 아예 정하를 주양육자로 정하고 아이 눈높이로 친절하게 설명하셨다. 그 후로도 동물병원에 갈 때마다 선생님은 정하에게 항문낭 짜는 법, 발톱 깎는 법 등 강아지 관리법을 몇번이고 가르쳐주셨다. 덕분에 정하는 그때부터 쭉 나무 귀 청소를 담당했다.

어떤 동물병원을 선택하는가에 따라 반려동물의 일생이 달라지는 것 같다. 생후 2개월에 평생 믿고 다닐 동물병원을 만난 것은 나무에게는 큰 행운이었다. 물론 더 큰 행운은 24시간 집에만 있는 집사를 만난 것이지.

나무 데려온 걸 후회하다

그동안 본의 아니게 굶긴 것을 가슴 아파하며 나무에게 사료도 많이 주고, 배변 훈련도 시키지 않고, 엄마라는 호칭도 허락해주었다. 정하가 "나무야, 엄마가~"라고 하면 "내가 왜 개 엄마야" 하고 거부했는데. 호적에 올릴 순 없지만, 이제 어엿한 둘째 딸로 인정하기로 했다.

그러나 매일 아무 데나 싼 배설물을 치우는 일은 너무 고역이었다. 우리 집에 온 지 3개월밖에 되지 않았는데 계속 이 고생을 해야 할 생각을 하니 앞이 캄캄했다.

하루는 동물병원에 가자마자 "선생님, 저는 애 못 키우겠어요" 하고 넋두리했더니 수의사 선생님이 무책임한 말을 한다고 야단쳤다. 그러나 진심이었다. 정하가 외로워하면 내가 일을 덜하고 놀아주면 되는데 왜 군식구를 들였을까. 후회막심이었다. 이제 물리지도 못하고, 이걸 앞으로 계속해야 한다고 생각하니 막막하기 그지없었다. 인생이 우울해지려고 했다.

서서히 빠져들다

생각해보면 자기가 낳은 아기를 키우다가도 육아 우울증이 오는데, 동물도 좋아하지 않는 내가 갑자기 강아지를 키우게 됐으니 정신적으로 지치고 부담스러웠을 만도 했다. 그러나 4개월 정도 지나니 육아 우울증은 먹는 건가요, 싶을 정도로 나무는 눈에 넣어도 아프지 않은 자식이 됐다. 무엇보다 기특하게 일찍 배변을 가려서 손 갈 일이 없어졌다. 그저 물고 빨고 예뻐할 일뿐이다. 침대에서 같이 자고 식탁에도 같이 앉고. 나무는 4개월 만에 우리 집 상전, 우리 집 보물로 등극.

내가 나무를 너무 예뻐하니 정하가 샘이 났는지, "나 이제 내 이름 나무라고 할래. 나무한테 정하라 그래" 하며 응석을 부렸다. 내가 나무를 안고 "아이구, 우리 이쁜 강아지" 하면 "나도 예쁘다고 안아줘" 하고 매달렸다. 열두 살에도 동생 생기면 이러나.

이웃에 사는 언니네 식구도 우리만큼이나 나무를 좋아했다. 나무도 언니를 엄청나게 좋아했다. 언니가 오면 좋아서 미치고, 가고 나면 현관에 매달려서 문을 벅벅 긁으며 한참 울었다. 언니는 나무가 보고 싶어서 매일 오고, 나무는 가고 나면 매일 울고. 매일 이별의 아픔을 맛봐야 하는 나무가 딱해서, 미안하지만 언니한테 매일은 오지 말라고 어렵게 말을 꺼냈다. 그랬더니 언니는 나무를 매일 못 본다고 가는 길에 그렇게 울었다고 한다. 나무로 인해 개를 사랑하게 된 언니는 그로부터 얼마 후, 불쌍한 사연이 있는 세 살짜리 푸들 '공주'를 입양했다. 나무가 큰일을 했다. 그것도 모르고 공주는 나무를 밥으로 알고 만날 때마다 괴롭혔지만. 나무 덕분에 세상이 아름다워지고 있다.

생후 7개월, 첫 생리를 하다

'첫 생리 축하송'을 혹시 아시는지.
정하가 자기 첫 생리하면 불러달라고 내게 가르쳐준 노래다.

> ♪ 첫 생리를 축하해. 우리 모두 축하해.
> 이젠 당신도 먼 훗날 엄마가 될 수 있는 거죠.

하는 귀여운 노래다. 그런데! 정하보다 나무가 먼저 생리를 시작한 게 아닌가. 장판을 들춰내거나 바닥을 박박 긁고 핥아서 '애가 왜 이러나' 했는데 누워 있는 나무의 생식기에서 생리혈을 발견! 아아, 미처 생리까지는 예습하지 못했다. 이것이 그 '꽃도장'이란 건가. 첫 생리를 축하하긴 무슨. 겨우 생후 7개월, 몸은 커졌지만 아직 아기인데 생리를 하다니. 나무는 빨간 피가 뚝뚝. 나무를 보는 우리는 피눈물이 뚝뚝. 언니와 조카까지 아기가 생리한다며 불쌍하다고 울었다.

그날부터 우리는 나무를 중환자처럼 극진히 모셨다. 생리통은 없는지, 어떻게 해줘야 편한지 몰라서 안절부절. 바로 핥아서 처리하기 때문에 잠시도 눈을 떼지 못했다. 개들의 감각으로는 핥아도 되는 것이겠지만, 차마 그렇게 하게 둘 수는 없었다.

방석에도 이불에도 날마다 꽃도장 자국. 그것은 무려 15일 가까이 계속됐다. 불쌍하고 안쓰럽고. 무엇보다 빨래하느라 내가 힘들었다 (뒤늦게 안 애견용 기저귀의 존재……). 이것을 두 번은 할 수 없을 것 같았다. 중성화 수술에 관해 진지하게 생각해보기로 했다.

상사병

그대 누군가를 목매어 그리워해 본 적 있는가. 잠을 잘 때도 밥을 먹을 때도 길을 걸을 때도 온통 그 얼굴. 맛있는 음식 먹을 때도 멋진 풍경 볼 때도 그와 함께하지 못해 안타까웠던 기억이 있는가. 너무 보고 싶어 전화를 해도 아무 말 없는 그와의 통화에 목 놓아 울어 본 적 있는가.

정하의 초등학교 마지막 여름방학을 맞아, 부산으로 2박 3일 여행을 다녀왔다. 나무는 언니 집에 맡겨두었다. 나무가 우리 집에 온 지 1년 만에 처음으로 떨어지는 것이다. 마지막 여름방학을 즐겁게 보내기 위해서 물심양면으로 노력했지만, 나무와 떨어진 정하는 초울트라슈퍼메가톤급 상사병에 걸려서 여행을 조금도 즐기지 못했다. 언니 집에 나무를 맡겨놓고 돌아올 때도 길바닥에서 엉엉 울었다. 그래도 여행 가서는 잊을 줄 알았더니 먹을 때도 나무야. 길을 가다가도 나무야. 걸핏하면 나무야.

하루 일정을 마치고 호텔에 돌아오면 나무에게 전화를 걸었다. 언니가 받자마자 "이모, 우리 나무 좀 바꿔주세요" 해서는 나무를 바꾸자마자(폴더폰이라 보이지도 않음) 대성통곡.

"나무야, 엉엉, 잘 놀았니? 엉엉, 언니는, 오늘 바다에 갔는데, 엉엉, 나무야, 나무야, 너도 바다에 같이 갔으면 좋을 텐데, 엉엉, 나무야, 언니는 오늘 맛있는 것 많이 먹었는데, 나무야, 밥은 많이 먹었니? 엉엉, 나무야, 언니 보고 싶지? 나무야, 사랑해, 나무야, 엉어어어어엉엉엉엉(오열)."

(후에 듣자하니 나무는 아무 반응도 없었다 한다.)

짧은 인생을 살다 가는 동물을 사랑한다는 것은 참 슬픈 일이다. 나무가 우리 집에 온 지 1년, 1년 전만 해도 나는 강아지를 만지지도 못 하던 사람이었는데. 언젠가의 이별을 생각하면 차라리 그때로 돌아가고 싶다.

수면시간

출판사에 내 연락처를 물으면(물론 일 의뢰 때문에), "선생님은 오전에 주무시니까 오후에 연락하세요"라는 말을 덧붙인다고 한다. 그러나 이것도 옛말이다. 아침 8시부터 일하고 있다. 절대 원해서는 아니고, 나무가 이 방 저 방 다니며 자는 사람을 깨우기 때문이다.

먼저 깨움을 당한 정하가 나무에게 아침을 준 뒤여서 나는 일어나지 않고 침대에서 개기고 있었다. 그러자 나무가 일어나라고 컹컹댄다. 할 수 없이 거실로 기어 나오면, 그제야 아무 일도 없었다는 듯이 자기는 자러 간다. 취침 시간과 나무가 깨우는 시간의 간격이 네 시간도 안 된다. 이 나이에 서울대 갈 것도 아니고 네 시간 수면이 웬말이냐.

개 발바닥

아마도 강아지 키우는 사람들은 공감하겠지만, 강아지의 매력 중에 하나는 발바닥 냄새가 아닐까. 발바닥 냄새가 너무 좋아서 킁킁거리다 마구 뽀뽀까지 한다.

하루는 나무가 안방에서 쪼르르 나오더니 일하는 내 옆에 와서 낑낑거리길래 번쩍 들어 안고 부비부비했다. 여느 때처럼 무릎에 나무를 올려놓고 발바닥으로 내 뺨도 톡톡 두들기고 발바닥에 뽀뽀도 하고. 그런데 어디선가 나는 쿰쿰한 냄새.

변을 보고 나왔구나 싶어서 배변판으로 갔더니…… 변을 본 것까진 좋은데 그 위에 난 선명한 발자국. 똥 밟은 개 발로 내가 무슨 짓을 한 거지.

중성화 수술을 하다

생후 1년 4개월, 나무가 드디어 중성화 수술을 했다. 수의사 선생님도 인정한 미모의 시추, 나무. 새끼를 낳으면 얼마나 예쁠까. 갈등도 했다. 그러나 새끼를 한두 마리만 낳는다면 모르지만, 나무 엄마만 해도 여섯 마리를 낳아서 다섯 마리는 전국으로 입양을 보냈다. 입양을 보내서 넘치는 사랑으로 잘 키워줄 보호자를 만난다는 보장도 없다. 어느 집에 가서 고생할지 학대받을지 모를 일이다. 그렇다면! 낳지 말자. 게다가 새끼를 갖지 않은 개의 경우, 자궁이나 유두기관에 질병이 생길 가능성이 높다고 한다. 그래서 특히나 암컷에게 중성화 수술을 많이 권한다. 우리는 나무를 위해 수술을 하기로 결론을 내렸다.

드디어 중성화 수술 하는 날, 마취가 깨면 연락할 테니 데리러 오라고 했다. 시간이 어찌나 더딘지. 나무를 1초라도 빨리 데려가려고 병원 근처에서 하염없이 기다리고 있는데, 드디어 전화가 왔다. 나무는 하루 입원해야 한단다. 겉으로 볼 때는 몰랐는데, 배 안에 살이 꽉 차서 수술이 힘들었다고 한다. 아이구, 우리 나무 복부비만이었던 게야?

다음 날, 눈물의 상봉. 집에 온 나무는 종일 누워서 꼼짝도 하지 않았다. 정말 많이 아픈 모양이었다. 밥도 먹지 않고 물도 마시지 않았다. 아프다고 끙끙대지는 않지만, 넥칼라를 한 채 잠을 자거나 멍하니 있었다. 그래도 정하가 학교 갔다 오니 누운 채 꼬리를 흔들어주었다. 수술 사흘째에 붕대를 풀고 넥칼라를 뺐더니 좀 살 만한 모양이었다. 조금씩 집 안을 돌아다녔다. 밥도 잘 먹었다.

나무야, 우리 평생 수술은 이게 처음이자 마지막으로 하자. 너도 아프고 무서웠겠지만, 엄마랑 언니도 두 번 다시 하고 싶지 않은 경험이었어. 이게 병 때문에 하는 수술이 아니어서 망정이지.

앞으로 절대 아프지 말기.

화장실에서 물 찾기

　스토커처럼 나를 따라다니는 나무. 화장실에 갈 때면 아무리 깊은 잠을 자다가도 일어나서 비실비실 따라온다. 화장실에 있는데 문을 스윽 밀고 쫄래쫄래 들어오는 모습에 완전 심쿵. 그래서 양치 컵에 물을 담아 대접하면 어찌나 맛있게 먹는지. 그게 귀여워서 들어올 때마다 양치 컵에 물을 떠주었더니만, 요즘엔 그 앞을 지나가다 목마르면 아무도 없는데 화장실로 들어간다. "지나가는 시추인데 물 한 잔 주시추" 하듯이. 그러면 나는 일하다 말고 화장실로 막 뛰어가서 물을 떠준다. 거실에는 취향대로 드시라고 자동급수기와 물그릇을 구비해놓았는데. 뭔가 시스템이 잘못된 것 같아.

　화장실 물이 더 맛있니?

공손하게

초저녁잠을 자고 일어나니 어둑어둑.

불 켜고 나가서 일해야 되는데 그러지 못하고 있다.

나무가 내 베개 옆에서 한밤중처럼 쿨쿨 자고 있어서.

나무는 날마다 사정없이 우리를 깨우지만,

사람이 개하고 똑같이 그럴 순 없잖아요.

일어날 때까지 조신하게 기다려야…….

나무 친엄마

나무는 정말로 착하고 무던하고 잘 먹고 잘 싸고 잘 자랐다. 그게 시추의 특성이라고 한다. 초보 보호자들도 키우기 좋은 견종 1위답다. 보호자보다 남을 더 좋아하는 것도 시추의 특성이라던데 그것도 정말 그랬다. 집에서 정하와 나에게는 무뚝뚝하면서 밖에 나가서는 사람들이 조금만 아는 척해도 열심히 꼬리를 흔들며 매달린다. 그래서 늘 "애는 애교가 참 많네요" 소리를 듣는다. 그냥 다중이에요.

그런데 안기는 건 달랐다. 밖에 나가면 꼭 나한테만 안겼다. 그건 지금 생각해도 불가사의하다. 그렇게 좋아하는 이모도, 정하도 안으려고 하면 미친 듯이 이단옆차기를 해서 물리치고 내게로 왔다. 아마도 생후 45일째부터 키워서 나를 친엄마라고 생각한 것 같다. 아, 나는 친엄마가 아닌데. 나무야, 네게도 막장 드라마처럼 출생의 비밀이 있단다.

진지한 고민

정하는 사춘기 중학생이 됐고, 나무는 원더우먼처럼 미모와 건강함과 씩씩함을 고루 갖춘 성견이 됐다. 그리고 정하와 내게 목숨보다 소중한 존재가 됐다.

"엄마, 누가 나무를 천만 원에 달라고 하면 줄 거야?"

"절대 안 주지. 1억에 달라고 해도 안 줘."

"난 100억에 달라고 해도 안 줄 거야."

우리는 이런 얘기를 진지하게 했다. 아무도 사지 않습니다.

신은 어쩌면 이렇게 완벽하게 사랑스러운 강아지를 만들었을까. 하루는 정하한테 혼낼 일이 있어서 야단쳤더니 엉엉 울면서 나무한테 가서 이런다.

"나무야, 언니 나중에 돈 벌면 우리 둘이 살자. 으어엉엉."

야, 너 돈 벌 때까지 나무가 살아 있기나 하면 고맙겠다.

세젤귀

"우리 나무는 역시 세젤귀야."
정하가 말했다.
"아니야, 우젤귀야."
"우주에서 제일 귀엽다고?"
"아니, 우리 집에서 제일 귀엽다고."
"엄마는 우리 나무한테 왜 그래. 최소 광젤귀야."
"아냐, 동물병원 가보니까 광진구에도 귀여운 개 많더라."

개들은 어느 집에서나 세젤귀다. 아니, 세젤귀였으면 좋겠다.
학대받는 동물이 없는 세상이기를,
기도하는 것도 나무라는 세젤귀를 만난 뒤의 습관.

내 이름은 나무

늘어지게 자고 일어났다. 거실 바닥에 베란다 창으로 들어오는 햇살이 길게 깔려 있다. 내 발자국이 도도도 귀엽게 나 있다.

고개를 스윽 들어 주위를 둘러보았다. 엄마는 내가 자기 전과 똑같은 자세로 노트북을 들여다보며 자판을 톡톡 두들기고 있다. 아마 오늘도 종일 그 자리에서 그렇게 톡톡거릴 것이다. 사람은 원래 저렇게 한자리에만 있는 동물인가.

그러다 심심하면 가끔 내 사진을 몇 장 찍어서 여기저기 보낸다. "우리 나무 너무 귀엽지?" 하면서. 그러면 "짱 귀여워!" 어쩌고 하는 답장이 오는 모양이다. 속으로는 개 사진 좀 보내지 말라고 짜증내고 있을 텐데. 사람은 나보다 더 쓸데없는 짓을 하는 동물이다. 내 초상권 어쩔 거야.

내가 처음 이 집에 왔을 때 나는 생후 45일, 언니는 열두 살이었다. 엄마는 "아이, 귀여워" 하고 말은 하지만 나를 썩 좋아하는 기색은 아니었다. 그러나 나는야 애교왕 시추! 엄마에게 사랑받기 위해 옆에 슬며시 가서 몸을 비비기도 하고, 엄마가 가는 곳마다 졸졸 따라다니며 애교를 부렸다. 엄마와 언니가 나한테 무뚝뚝한 개라고 하지만, 내가 평생 부릴 애교를 그때 다 부려서 그렇습니다.

내 애교 필살기에 엄마는 머잖아 마음을 열어주었다. 아니, 마음을 열었다기보다 자신의 과오를 뉘우치고 회개하는 마음으로 나를 사랑해주기로 한 것 같다. 왜냐하면 2차 예방접종을 하러 간 동물병원에서 수의사 선생님이 엄마를 야단쳤기 때문이다. 흑흑, 고마운 선생님. 평생 잊지 못할 생명의 은인이다.

언니는 지금 중학교 3학년이다. 이제 귀 청소도 아프지 않게 잘하고, 내가 쉬나 응가를 해도 신속하게 잘 치운다. 엄마하고 냉전할 때면 나한테 와서 징징 하소연하기도 하지만, 개무시한다. 사람 싸움에는 끼지 않는 게 상책이다.

나는 크고 까만 눈이 매력 포인트인 블랙 시추다. 올해 네 살이지. 개 나이 네 살이면 사람 나이로 서른두 살이라고 한다. 내가 생긴 게 귀엽다고 어린아이 취급하면 안 된다. 마음민은 아직도 이 집에 처음 오던 그때처럼 귀여운 강아지이지만, 중성화 수술 3년 차인 어엿한 어른이다. 엄마나 언니는 매일 나를 쓰다듬으며 "오래 살아야 돼, 알았지? 최소 스무 살!" 하고 말한다.

앞에서도 말했지만 엄마는 노트북을 토닥토닥 치는 일을 한다. 맨날 뭔가를 열심히 친다. 그러나 가끔 혼자 키득거리는 것으로 보아 일하다 말고 인터넷인가 하는 놀이터에서 노는 것 같다. 그럴 때면 엄마가 한가하구나 싶어서 옆으로 달려가 나랑 좀 놀아달라고 왈왈 아름답게 짖는다. 그때마다. 엄마는 일하는데 시끄럽다고 야단친다.

노는 것 다 알아요.

산책이나 하러 가자고요.

(2)

나무 덕분에
세상이 아름다워지고 있다

시추의 지능

소파에 누워서 TV 보려고 베개를 갖다 놓았더니 나무가 자기 침대로 쓰고 있다. 방바닥에 베개를 베고 누워 있어도 사람 머리는 애초에 없었던 것처럼 사인스럽게 베개에 올라와서 눕는다. 그리고 엉덩이로 조금씩 밀어내며 제 자리를 확보한다.

방년 5세. 사람이 다 됐다. 이제 한글을 떼게 하든가, 말을 가르쳐서 돈벌이를 시켜도 될 것 같다. 부모들은 다 제 자식이 천재인 줄 안다더니, 그게 개 자식(?)에게도 적용될 줄이야. 하긴 정하가 나무 나이쯤일 때도 정말 남다른 아이라고 생각했는데, 다 크고 나니 다른 애들하고 똑같더라. 그래도 정하의 장점은 무진장 건강하다는 것. 나무도 그랬으면 좋겠다. 건강히 오래 살면 되지 머리 좋아서 뭐하겠니.

근데 나무는 이렇게 영리한데, 시추가 견공 중 지능이 70위라고 통계에 나왔더라. 거의 꼴찌에 가깝다. 다른 개들은 수학 문제라도 푸는 걸까. 괜찮아, 나무야. 수능 볼 것도 아니고.

누가 누가 사랑하나

<hr />

새로 산 애견 패드가 너무 얇다. 한 번만 싸도 흠뻑 젖어서 배변판 패드를 갈 때마다 오줌 먹인 솜을 드는 기분이다. 말로는 "으, 드러~" 라고 하지만, 사실 그리 더럽진 않다. 우리 나무 오줌이니까. 뭐 그렇다고 손에 오줌을 묻히는 게 좋을 리는 없다. 다음부터 '절약'이 붙은 대용량 패드를 사지 말아야겠다고 생각했다. 배변판까지 흥건할 정도로 흠뻑 젖은 패드를 치우고 나서 정하에게 자랑스럽게 말했다.

"엄마는 나무 오줌 하나도 안 더러워."

그랬더니 정하 왈,

"난 나무 똥도 안 더러워. 손으로 만질 수도 있어."

You, win.

피장파장

나무는 자기 집에서 자다 말고 꼭 내 방으로 들어와, 내 다리 위 혹은 옆 혹은 바로 아래에서 잔다. 나무가 그러고 자니 이불도 제대로 못 당기고, 다리도 제대로 못 뻗는다. 그래서 잉거주춤 아주 불편한 자세로 잘 수밖에 없다.

그날도 새벽녘에, 자는 나무를 건드리지 않으려고 최대한 몸을 잔뜩 구부리고 잠들었는데 아침에 정하가 버럭하는 소리에 잠을 깼다.

"엄마, 다리 좀 치워. 엄마 때문에 나무가 다리를 못 펴잖아!"

엄마 다리보다 개 다리를 더 걱정하다니 자식 귀하게 키울 필요 없다니까. 잠결에도 온몸으로 서운함을 느끼며 벽 쪽으로 바싹 붙어 누웠다.

아, 그러고 보니 나도 정하 뒤에 누워 자는 나무가 깔릴까봐 자는 애 깨워서 저리 가서 자라고 쫓은 적이 있구나…….

처음 해보는 임시 보호

개를 만지지도 못하던 내가 세상 모든 개를 좋아하게 되면서 길고양이까지 사랑하게 됐다. 그리고 이제는 길고양이 밥까지 챙겨주는 사람이 됐다. 원래 뭐든 처음 빠졌을 때의 사랑이 시골 할머니가 짜준 참기름처럼 순도가 높다.

동물 사랑이 넘치도록 충만해진 어느 날, 인터넷 어느 게시판에서 유기견 시추를 임시 보호할 사람을 애타게 찾고 있었다. 보름만 봐주면 된다고 했다. 보는 순간, 너무 불쌍해서 정하와 의논한 끝에 우리 집에 데려오기로 했다. 이제 개 키우는 데 많이 익숙해져서 별 문제 없을 것 같았다.

그렇게 해서 '핑크'가 왔다. 핑크는 갈색 시추였다. 나무는 블랙 시추와 갈색 시추 사이에서 태어나 새까만 블랙은 아니지만, 일단 누가 봐도 블랙 시추다. 갈색 시추 핑크는 오자마자 거실 한복판에 오줌을 한강처럼 썼다. 아뿔싸. 이런 생각을 미처 못 했구나. 인형이 아니니 당연한 사실인데.

핑크와 임시 보호자의 짧은 이별은 눈물겨웠다. 또 버림받는 줄 알고 핑크는 떨어지지 않으려고 필사적으로 매달렸다. 그러나 임시 보호자가 가고 난 뒤, 우리의 환대에 이내 적응해서 자기 집처럼 편하게 돌아다녔다. 핑크는 씩씩하고 다부졌다. 여기저기 날아다니고 애교도 잘 부렸다. 내가 침대에 있으면 폴짝 뛰어올라 와 이불 속에 들어와서 잤다. 나무한테서는 볼 수 없는 개인기다. 정하와 나는 계속 '나무도 이랬으면 얼마나 좋을까' 하고 핑크를 부러워했다.

핑크를 나무가 다니는 동물병원에 데리고 가서 미용을 해주었더니 나무급의 미모가 됐다. 진료도 받았다. 슬개골이 좀 안 좋다고 했다. 그렇게 날아다니니 좋을 리가 있나. 임시 보호자의 말로도 다리 때문에 파양되곤 했다고 한다. 불쌍한 핑크. 이렇게 착하고 귀여운 강아지가 떠돌이 생활을 몇 년 동안이나 한 거야.

한 가지 핑크가 우리 집에 맞지 않는 점은 실외 배변 습관이었다. 매일 데리고 나가야 했다. 하지만 생리적인 일이니 협조할 수밖에 없었다. 데리고 나가면 온몸의 살을 똥으로 내보내나 싶을 만큼 ·엄청나게 쌌다. 그래도 임시 엄마라고 시원하게 싸니 좋았다. 쾌변 핑크.

생각보다 힘들지 않게 보름 동안 시추 두 마리를 돌봤다. 둘 다 착하고 순해서다. 이 아이가 또 어디로 가서 고생할지 모른다고 생각하니 마음이 아팠다. 임시 보호자가 데리고 갈 때 현관 앞에서 핑크에게 얼굴을 묻고 울었다. 그랬더니 "입양하시는 게 어떻겠느냐"고 물었다. 눈물이 0.1초 만에 증발했다.

핑크는 너무 사랑스럽고 예쁘고 착하지만 아직 초짜 애견인에게 두 마리를 키울 여력은 없었다. 나무 하나라도 잘 돌봐야지…….

그렇게 핑크는 떠났다.

나무죠?

나무와 산책을 나갔을 때였다. 맞은편에 시추를 데리고 나온 남자
가 다가오며 "나무죠?" 하고 물었다.

헉? 우리 나무를 어떻게 알지?

내 블로그에 오는 사람인가?

나를 아는 사람인가?

생판 낯선 사람 얼굴을 빤히 보며 기억을 떠올리려 하는데 남자가
한 번 더 물었다.

"안 물죠?"

시커먼 개를 집에 데려오다

────────

저녁 9시쯤, 슈퍼에 갔더니 입구에 할머니와 딸인 듯한 중년 여성이 블랙 코커 스패니얼을 데리고 있었다. 길에서 발견한 유기견인데, 목줄을 사러 왔단다. 흰자위 빼고 올블랙에 덩치도 큰 코커다.

옛날 같으면 무서워서 얼른 피했을 텐데, 이제 어엿한 애견인. 불쌍해서 한참 등을 쓰다듬어 주다 물건을 사러 들어갔다. 내가 지대한 관심을 보인 탓이었을까? 계산을 하고 나오는데 그들이 나를 불렀다. 자기네 집에도 유기견이 네 마리나 있어서 도저히 이 아일 데려갈 형편이 안 되니, 보호자를 찾을 때까지 임시로 데리고 있어줄 수 없겠느냐고 했다. 시커멓고 큰 개가 무섭기도 했으나, 거절하지 못하고 데리고 오고 말았다. 내가 돌보지 못하면 그들이 다시 데려간다는 조건으로 연락처를 받아서.

슈퍼에 간 엄마가 뜬금없이 시커먼 개를 데리고 나타나자 난리가 났다. 정하는 무섭다고 피해 다니며 비명을 지르고, 나무는 쫄아서 구석으로 도망 다니고. 코커는 그런 정하와 나무한테 좋다고 덮치고 핥고, 밖에서 소리가 들릴 때마다 큰 소리로 짖고…… 순식간에 대환장 쇼!

정하가 무서워서 울기까지 하여 다시 데려가면 안 되겠냐고 전화를 했더니 하루만 재워달란다. 다음 날 데려가겠다고. 결국 그날 밤, 정하와 나무를 언니네 집으로 보내고 혼자 개를 보았다. 나도 무서워서 소파에 쭈그리고 누웠는데, 이 블랙 코커 녀석은 잠도 없는지 밤새 돌아다니며 집을 어지르는 소리가 났다. 그러다 심심해지면 그 큰 발을 내 어깨에 걸치고 얼굴을 핥거나 머리를 치거나. 이야…… 이게 말로만 듣던 잠 안 재우기 고문인가. 진심으로 무서워서 "엄마아아 으허어어엉" 하고 울고 싶었다.

간신히 두어 시간 자고 일어나서 보니 어제 자기 입으로 정성껏 물어 날랐던 나무의 장난감들을 내 앞으로 다 옮겨 놓았다. 그리고 나무도 작아서 동그랗게 몸을 말고 자는 나무 집에 들어가서 더 동그랗게 말고 자고 있다가, 내가 깬 기척이 나자 달려와서 또 얼굴을 핥는다. 좋다고 그러는 건데 무, 무서워…….

이 녀석 때문인지 졸업 후 연락도 한 적 없는 고등학교 동창 꿈을 꾸었다. 물론 꿈에서도 코커가 이따만큼 싸놓은 똥을 치웠고. 아침을 먹인 뒤에 어젯밤 그 사람들에게 전화를 했더니 오후에 데려가겠다고 했다. 아무것도 모르고 신나게 노는 녀석, 〈TV 동물농장〉에 동물이 나오니 TV 앞에 발을 짚고 서서 진지하게 본다. 조금 귀, 귀엽다.

그러나 좀처럼 데리러 오지 않아서 다시 전화를 했더니 데려다달라고 한다. 다행히 가까운 곳이었다. 그리고 찾아간 그곳에는 '처녀보살'이라는 간판이 걸려 있었다. 어제 만난 그들은 '처녀보살'과 '신어머니'였다. 아하, 이 사람들이 그래서 나를 보자마자 호구란 걸 알았구나.

자, 여기서 내가 어젯밤에 고등학교 동창 꿈을 꾼 꿈땜을 하게 되는데, 글쎄 이 처녀보살이 알고 보니 나의 고등학교 2년 선배였다! 말투에 약간 그 지방 억양이 있어서 고향이 어니냐고 묻다기 보니, 같은 학교 출신임을 알게 되었다. 서로 학교 얘기를 하며 수다를 떨다 친해져서 돌아왔다. 유기견 블랙 코커 한 마리로 인해 일어난 주말의 해프닝은 소설처럼 기이했다.

병원 개예요?

———————

다른 고양이나 개 환자들은 병원에 오면 쫄아서 보호자 무릎에 꼼
짝 않고 앉아 있는데, 나무는 오는 사람 다 환영해주고, 가는 사람 다
배웅해준다. 누가 조금만 아는 척해주면 점프하여 뽀뽀까지 해준다.
내가 보호자인게 창피한지 내 옆에는 얼씬도 하지 않고, 여기저기 분
주하게 돌아다닌다. 진료실 문도 자연스럽게 열고 들어간다. 그래서
사람들이 종종 묻는다.

"병원 개예요?"

아닙니다. 그저 관종에 다중이라고 할까요.

개의 사회성, 얻다 써요

산책하다 만난 개 보호자들이 종종 그런 말을 한다. "우리 애는 사회성이 없어요." 얼마 전, 새로 이사 온 위층에 잠시 갔더니 달봉이라는 시추가 있었다. 달봉이가 나무를 거들떠보지도 않으니까 달봉이 보호자도 그런 말을 했다. "애는 사회성이 없어서요."

나무도 애견 카페 같은 데 가면 거기 있는 분들에게 사회성 없다는 지적을 받는다. 낯선 환경에 바짝 쫄아서 얼음이 되기 때문이다. 애견 호텔 사전답사를 한번 간 적 있는데, 그때도 상담하는 동안 나무를 줄곧 안고 있었더니 "보호자 분, 개를 그렇게 키우면 안 됩니다. 그래서 사회성이 없는 거예요"라고 했다.

그 애견 호텔은 홈페이지에 그럴듯한 사진만 잔뜩 올려놓았지, 실제로는 열악하기 그지없는 환경에 아이들 물도 주지 않았다. 내가 빈 물그릇을 보고 있자, 그제야 직원이 물을 채워줬다. 개들이 우르르 와서 환장하고 먹었다. 개의 사회성 운운하기 전에 당신의 양심 좀 어떻게 해봐요.

　도대체 개들의 사회성은 어디다 써먹는 걸까. 사회에 진출할 것도 아니고. 요전에도 나무랑 산책길에 앉아서 쉬는데 어떤 아주머니가 푸들을 데리고 옆에 앉으며 "애는 사회성이 없어서 큰일이에요"라고 했다. 그 푸들은 개를 무서워하는지 보호자 품으로 파고들었다. 사납게 물고 짖는 것보다 사회성 없는 게 낫지 않나요.

나무가 화난 이유

———

갑자기 안방에서 나무가 화를 내며 짖는 소리가 들려서 가 보았더니, 바닥에는 두루마리 휴지가 길게 풀어져서 뒹굴고 나무는 침대 위에서 그걸 내려다보며 짖고 있었다. 침대에 휴지가 있는 걸 보고 죽을힘 다해 올라갔는데 휴지를 건드린 순간 또르르 침대 밑으로 굴러 떨어져서 열받은 것이다. 보통 개들은 침대나 소파에 펄쩍펄쩍 잘 오르내리지만, 나무는 계단 공포증이 있다. 현관의 10센티미터 남짓한 턱을 못 오르는 애다. 나무가 안 보여서 찾다보면 10센티미터 아래로 떨어져서(?) 낑낑거리고 있다. 그런 나무이니 침대나 소파에 올라갈 때는 서툰 피겨선수가 "자, 자, 자…… 나 점프한다. 시, 시, 시작!" 하듯이 한참 준비자세를 하다 몇 차례 시도 끝에 간신히 성공한다. 그렇게 천신만고 끝에 올라갔는데 휴지가 떨어지니 얼마나 화나.

너무 귀여웠다. 정하나 내가 어느 날 갑자기 죽으면 사인 규명을 할 필요도 없이 심쿵사다.

너의 전생은

여기저기 혹(지방종)이 잘 생기는 나무. 이번에는 등에 큼지막한 혹이 생겼다. 아니, 처음에는 그렇게 크지 않았는데 점점 커져갔다. 일단 혹이 더 커지지 않게 붕대로 압박하기로 했다. 나무의 등과 어깨에 붕대를 둘둘 감으면서 수의사 선생님이 "누가 보면 너 엄청 심하게 아픈 줄 알겠다"라고 하셨다.

그랬다. 그 참담한 형상으로 봐서는 최소 월남 참전 용사다. 혹이 등에도 생기고 다리에도 생기고……. 요전에도 등에 혹이 생겨서 겨우 없앴는데 또 생겼다. 너는 전생에 낙타였더냐.

약속

―――――――

살다 보면 무심히 하는 약속이 많다.

언제 한번 만나요.

언제 한번 식사해요.

언제 한번 술 마셔요.

언제 한번 놀러갈게요.

언제 한번은 영원히 오지 않는 경우도 많고, 어쩌다 온다 해도 가깝지 않은 미래다. 그러나 서로 인사치레로 하는 말이니,

"너 그때 식사하자 했잖아. 언제 할래?"

이러고 따지는 사람도 별로 없다. 사람 세상에서는.

그런데 이런 무심히 하는 약속의 대상이 개일 때는 문제가 다르다. 택배가 오면 쪼르르 쫓아나가서 택배기사님을 따라 엘리베이터까지 타려고 하는 나무. "나무야, 이리 와. 얼른!"이라고 말해봐야 듣지 않는다. 그래서 "나무야, 까까 줄게, 이리 와" 하고 부르게 된다. 그럼

아무리 좋아하는 택배기사님이 와도 내버려두고 쪼르르 집으로 들어온다.

들어왔으면 됐지, 까까는 무슨!이라고 생각하고 다시 나는 책상으로 돌아가지만, 나무는 강렬한 레이저 광선을 보내며 책상 옆에 해태상처럼 앉아서 까까 줄 때까지 떨어지지 않는다.

오늘 아침에도 택배가 왔다. 잠결에 까까 준다고 나무를 불러들였고 택배를 던져놓자마자 다시 자려고 누웠다. 그런데 잠결에도 뒤통수가 뜨끈뜨끈. 돌아보니 나무가 바로 뒤에 앉아서 벽 쪽으로 돌아누운 내 뒤통수를 노려보고 있었다. 약속을 했으면 지키고 자라는 거지……. 할 수 없이 사료 좀 꺼내주니 0.1초 만에 흡입하고 사라졌다.

목욕시키면서 "목욕 다 하고 껌 줄게~"하고, 먼저 씻겨서 내보내놓으면 내가 다 씻고 나올 때까지 욕실 문 앞에 앉아 있다. 껌 받으려고. 받을 거 하나는 악착같이 받는다. 전생에 사채업자였니.

모든 약속은 지켜야 하겠지만,
세상에서 꼭 지켜야 하는 약속이 한 가지 있다면
반려동물과의 약속이다.

엄마 운동 시키기

내가 살면서 제일 많이 들은 조언이 "운동해라"였지만, 제일 듣기 싫은 말이기도 했다. 운동하는 게 좋은 건 알지만, 어릴 때부터 밖에 나가는 걸 싫어했다.

나무는 이런 나를 매일 나가게 하고, 매일 걷게 하고 있다. 우리 나무 충견상 받아야 한다. 뼛속까지 게으른 나를 매일 운동시키다니 얼마나 훌륭한가. 물론 나무한테 어떻게 저 게으른 아줌마를 매일 나가게 했어요? 묻는다면, "그냥 똥이 마려워서 나가자고 재촉했을 뿐인데요"라고 하겠지만.

숨바꼭질

나무가 어릴 때 종종 숨바꼭질을 했다. 꽤 오래 안 하다가 얼마 전에 한번 했더니, 재미 들렸는지 일하는데 자꾸 와서 숨바꼭질하자고 다리에 매달린다. 잘 찾기나 하면 말도 안 하지. 매번 숨는 안방 문 뒤에 숨으면 찾고, 화장대 밑에 숨으면 못 찾아서 안방을 수십 번도 더 들락거린다. 개는 냄새로 찾는 거 아냐? 어째서 눈으로만 찾는 거니? 못 찾으면 낑낑거리고 울면서 이 방 저 방 찾으러 뛰어다닌다. 그런 아이를 상대로 매번 숨을 곳을 연구하는 나. 개하고 너무 진지하게 숨바꼭질하는 것 같다. 운동도 되고 재미있기도 하지만, 무라카미 하루키 에세이를 번역하다 말고 개하고 숨바꼭질하는 모습을 상상해보세요. 이게 고급 인력이 할 짓인가 싶습니다.

요즘 나무가 하는 짓은 거의 정하 서너 살 때 같다.

놀자고, 놀자고 보채는 게.

산책길에 갑자기 다리를 절다

이제 저녁에는 제법 선선해진 것 같아서 나무를 데리고 중랑천 둑길로 나갔다. 폭염으로 한동안 산책을 나가지 못한 나무는 신이 나서 얼마나 빨리 달리는지 지나가던 사람이 "쪼만한 개가 겁나 빠르네" 하고 돌아봤을 정도다. 치타인 줄 알았다, 나무야.

그런데 왠지 뒤숭숭하고 불안한 느낌이 들었다. 목줄 꼭 잡고 사방을 주시하면서 둑길을 산책했다. 시간은 밤 9시 40분경. 평소 산책길의 반도 가지 않았을 때, 갑자기 나무 행동이 이상해졌다.

그렇게 치타 빙의하여 날아다니던 애가 오른쪽 앞발을 쩔뚝쩔뚝. 처음에는 발가락 사이에 나무 열매 씨앗이나 작은 돌멩이가 꼈나 하고 발을 만져보았지만 아무것도 없었다. 다시 내려놓았더니 앞발을 폴더처럼 꺾어서 깽깽이. 가슴이 철렁 내려앉았다.

얼른 나무를 안고 도로로 나와서 택시를 탄 뒤 동물병원에 전화했다. 마침 수의사 선생님이 퇴근 준비 중이라고 기다릴 테니 오라고 했다. 택시 안에서 나무는 아픈지 연신 발을 핥았다. 워낙 둔탱이라 어지간히 아파서는 아픈 시늉도 하지 않는 나무(시추의 특성이라고 한다)인데. 무척 아파 보였다. 갑자기 왜 그러지? 너무 과격하게 뛰어서 탈이 났나? 동물병원에서 엑스레이를 찍어보니 다행히 뼈에는 별문제가 없었다. 딱히 원인도 알 수 없었다. 약만 받아서 집으로 돌아왔다.

　나도 정하도 다쳐본 적이 없고, 사람이나 동물이 눈앞에서 다치는 걸 보는 것도 처음인데 그 대상이 나무이다 보니 어찌나 놀랐는지 가슴이 덜덜 떨리고 눈물이 줄줄 흘렀다. 고작 이 정도로도 이런데, 나중에 얘가 병들거나 저세상으로 가면 어떻게 감당할 수 있을까. 그런 생각을 하며 나무를 안고 세 정거장을 걸어왔다. 애가 아프니 무겁다는 생각도 들지 않았다. 2리터짜리 페트병 세 개를 든 무게였지만. 다음 날, 일어나 보니 나무는 멀쩡하게 걸어 다니고 있었다. 아, 다행이다. 역시 치타 놀이를 해서 다리가 놀랐던 모양이다.

팔자소관

수의사 선생님에게 개는 어떻게 하면 오래 사는지 물어보았다. 그랬더니 "수의사가 이런 말 하는 건 그렇지만, 전 팔자소관이라고 생각해요"라고 하셨다. 보호자가 정말 너무 신경 쓰지 않네 싶은 개가 스물한 살까지 사는가 하면, 지극정성을 들이는 개가 일찍 가기도 한단다. 나도 태어날 때부터 운명은 정해져 있다고 생각한다. 그래서 누가 언제 어떻게 가더라도 그 사람(혹은 개)의 운명이라고 생각했다. 그래도 개는 작은 동물이니 사람이 잘 보살피면 오래 살지 않으려나 했더니만.

최선을 다해 돌보되, 언제 떠나도 슬퍼하지 않도록 마음을 비우고 키워야겠다.

우리 집에 오게 된 핑크

참새가 짹짹 노래하며 반겨주는 행복한 아침……은 개뿔이. 어제도 늦게 잔 엄마의 코 고는 소리만 간간히 들리는 시들한 아침이다. 엄마 대신 언니가 학교 가는 모습을 지켜봐주려고 했는데 나도 모르게 잠이 들었나 보다. 일어나 보니 언니는 벌써 학교에 가고 없고, 엄마는 아직도 잔다. 배가 고프다. '밥 주세요' 하고 짖어보았다. "왈왈! 왈왈!" 엄마는 "아, 시끄러워" 하고 이불을 머리끝까지 뒤집어쓴다. 몇 번 더 짖다가 포기하고 잠이나 더 자기로 했다. 그러잖아도 보는 사람마다 살쪘다고 난리인데 한 끼 굶자.

늘어지게 자고 일어난 엄마가 선심 쓰듯 사료 반 컵을 그릇에 붓는 소리에 잠이 깼다. 어지간하면 밥그릇 좀 씻어주면 좋으련만, 벌써 며칠째 그대로다. 와구와구 정신없이 먹었다. "왈왈!" 엄마를 보고 한 번 더 짖었다. "여기 리필요!"

수의사 선생님은 두 살이 지나면 사료량이 급격히 줄 거라고 장담

하셨지만, 이 나이에도 식욕이 왕성하다. 대충 끼니를 때우고 또 볕이 드는 베란다 창가에 가서 벌러덩 드러누웠다. 문득 옆에 뒹구는 핑크색 뼈다귀 장난감을 보니 핑크가 생각난다. 핑크가 제일 좋아하던 거였는데. 핑크 갈 때 선물로 줄 걸 그랬다. 내가 몇 년 동안 빨았던 거여서 미안하긴 하지만. 우리 개 사이에 뭐 어때.

엄마가 임시 보호한다고 데려온 핑크는 나보다 등 길이가 길고 다리도 길었지만, 몸무게는 나보다 한참 적게 나갔다. 이런 날씬해빠진 개 같으니라구! 게다가 폴로 원피스를 입고 있었다. 나는 엄마가 인터넷 쇼핑몰의 마지막 할인 행사 어쩌고 할 때 사준 3천 원짜리 티셔츠를 입고 있는데. 나는 핑크보다 핑크를 데리고 온 언니가 마음에 들었다. 내가 좋아하는 화장품 냄새가 나는 예쁜 언니였다.

"핑크, 오면서 말했지? 내가 너를 버리는 게 아니야. 보름만 있다가 데리러 올 거야. 알았지?"

말도 예쁘게 하는 언니였다. 유기견이라는 핑크는 자기를 또 버리는 걸지도 모른다고 생각했는지, 끙끙거리며 언니를 따라가려고 했다. 아, 눈 뜨고 볼 수 없는 애처로운 장면. 나도 핑크에게 잘해주어야겠다고 다짐했다.

하지만 다짐은 오래 가지 못했다. 그 언니가 가고 난 후, 핑크는 매너 없게 거실에다 오줌을 쌌다. 내 전용 화장실을 가르쳐주려고 했더니 그새를 못 참고. 그러고는 우리 소파에 날렵하게 뛰어올라 갔다. 나도 못 올라가는 소파를 한달음에 올라가는 신공! 그걸 보는 것만도 샘이 나는데, 엄마하고 언니는 "나무야, 너보다 동생도 저렇게 펄쩍펄쩍 올라가지. 넌 맨날 침대 올려달라고 자는 엄마를 깨우는데" 하고 나에게 핀잔이었다. 어디서 저런 날쌘 애를 데려와서는 엄하게 나를 구박하는지. 핑크와 나의 비교질은 그게 끝이 아니었다. 핑크와 산책을 나갔다 온 날, 엄마가 언니에게 하는 말.

"나무는 길 가다가 지가 싸고 싶으면 아무 데나 싸잖아? 노상 테이블에서 술 마시는 아저씨들 앞에 똥 싸서 엄마 욕 먹이는 거 알지? 자동차 출발하려는데 그 앞에서 싸고. 그런데 핑크는 있잖아, 전봇대나 벽이나 길 가장자리에서만 곱게 싸는 거야, 아, 정말 어쩜 개가 이렇게 예의 바를까?"

사람이나 개나 비교를 당한다는 건 기분 나쁜 일이다. 왜 개한테는 아무 말이나 해도 된다고 생각할까? 개도 자존심이 있습니다. 비교하지 맙시다! 그러나 나는 아무 말도 할 수 없었다. 내가 아무 데나 싸서 엄마를 곤란하게 한 일이 한두 번이 아니어서. 그렇지만 나오는 똥오줌을 어쩌라고.

가만히 보니 핑크는 다리가 좀 부실했다. 앙상한 뒷다리가 빌빌 꼬이는 것이 내가 봐도 불안하기만 한데, 정작 핑크는 아무렇지도 않게 쌩쌩 날아다녔다. 동물병원 선생님도 핑크 다리 상태를 걱정했다.

하긴 지가 무슨 일지매라고, 그렇게 날아다니는데 그 말라빠진 다리가 성하겠어. 다리 때문에 입양이 잘되지 않는다는 예쁜 언니 말이 생각나서 좀 짠했다. 그러나 이런 마음이 들기 바쁘게, 핑크를 찬양하는 엄마의 목소리에 이내 질투심이 부글거린다.

핑크가 돌아갔다. 그 예쁜 언니가 와서 데리고 갔다. 엄마는 핑크를 붙들고 펑펑 울었다. 겨우 보름 같이 살고는 몇십 년 같이 산 것처럼 울었다. 못 봐주겠네. 내가 떠난 뒤에는 어쩌려고 저러나 싶기도 하다. 든 자리는 몰라도 난 자리는 안다더니, 핑크가 가고 난 자리가 휑하긴 했다.

부디 핑크도 나처럼 좋은 엄마를 만났으면 좋겠다.

이번엔 블랙이냐

엄마는 종일 노트북 앞에 앉아 일만 하는 것 같으면서도 잔잔하게 사고를 친다. 하루는 밤에 슈퍼 간다고 나가더니 시커먼 개 한 마리를 데리고 왔다. 심장 마비 걸릴 뻔했다. 온몸이 다 새까맣고 커다란 코커 스패니얼이(라고 한)다. 핑크에 이어 이번에는 블랙이냐.

블랙이에게는 정지 동작이란 게 없었다. 쉼 없이 움직였다. 한 바구니 있는 내 장난감을 반대쪽으로 하나하나 다 옮겨 놓고, 질겨서 씹다 만 내 껌들을 꿀꺽꿀꺽 다 삼켰다. 무서워서 돌아버릴 것 같을 즈음, 엄마가 가까이 사는 이모네 집으로 언니와 나를 보냈다. 구사일생. 엄마는 밤새 블랙이 때문에 공포에 떨다가 다음 날 오후에 슈퍼에서 만난 사람에게 데려다주었다고 한다. 그 사람이 오라는 데로 갔더니 점쟁이 집이었다나. 엄마를 보고 한눈에 호구임을 안 걸 보면 아주 용한 족집게 점쟁이 같다.

임시 보호가 쉽지 않다는 걸 알았으니 이제 또 누굴 데리고 오지 않겠지 했다. 그런데 하루는 세탁소 가는 길 도로 쪽에 새끼 고양이가 위험하게 있었다. 사람들이 서로 구하라고 웅성거리는데 덥석 안고 오는 용감한 우리 어머니. 엄마 인생에 내가 처음 안아본 개였다는데, 아마 태어나서 처음 안아보는 고양이였을 것이다. 어무이, 그 고양이 어쩌려고요.

"나무야, 고양이 동물병원에 가봐야겠어. 세탁소 갔다가 너는 집에 있어. 엄마 혼자 얼른 갔다 올게."

하아, 참. 나행히 세탁소에서 고양이를 키우고 있다며 그 아이를 맡아주어서 일은 잘 해결됐지만, 식겁했다. 요즘 길에 사는 고양이 친구들한테 너무 관심이 많으시네 했더니, 하마터면 팔자에 없는 고양이 동생이 생길 뻔했다.

3

좀 천천히 늙어가자,
나무야

개념견

정하는 대학생이 됐고, 나무는 아홉 살이 됐다. 정하는 신입생 티가 줄줄 나지만, 나무는 이제 사람 세상 사는 데 백전노장이 됐다. 눈빛 하나로 몸짓 하나로 우리 모녀를 부려먹는다. 나무는 지금까지 등교도 하지 않고 출근도 하지 않으면서 이른 아침이면 꼭 밥을 달라고 나를 깨웠다. 보통 오전 6시 30분에서 7시 사이에 아침을 먹고, 저녁도 오후 6시 30분에서 7시 사이에 먹는다. 굉장히 규칙적인 생활을 하는 것 같지만, 그 중간에 시도 때도 없이 먹고, 그 후에도 호시탐탐 먹는다. 내가 돼지를 키우는지 개를 키우는지.

그런데 이 놀라운 개념견! 정하가 대학교에 들어간 뒤로는 나를 깨우지 않고 정하만 깨운다. 그동안 엄마가 고생한 걸 아는 건가. 그래서 정하는 일찍 일어나야 하는 1교시 수업이 하루뿐인데도, 거의 매일 일찍 일어나 개밥을 주고 있다. 덕분에 나는 조금이라도 더 잘 수 있다. 장하다, 우리 나무.

개념견2

　　보통 새벽 네다섯 시쯤, 정하 먹을 토스트라도 만들어놓고 자려고 주방에서 부스럭거리면 쿨쿨 자던 나무가 슬며시 일어난다. 그러고는 내 옆에 와서 왔다 갔다 하다가 정하 방으로 간다. 침대를 짚고 서서 정하 얼굴에 대고 왈왈왈 시끄럽게 짖는다. 나는 정하가 깰까봐 얼른 나무를 데리고 와서 간식 하나 주고 조용히 시킨다. 다 먹고 나면 좀 있다가 또 정하를 깨우러 가는 나무. 도대체 왜 이러는 걸까요?

　　어느 날 밤 새운 날, 정하랑 나눈 카톡.

6:50 엄마 이제 잔다. 나무가 너 깨울까봐 밥 줬어(나)

7:20 지금 나무가 깨워서 일어남(정하)

나무, 알고 보니 개념견이 아니라
정하 자는 꼴을 못 보는 개념이었어.

혹 수술

시추들 대부분 갖고 있는 피부병이 고질이긴 했지만, 큰 탈 없이 아홉 살이 된 나무에게 드디어 몸에 칼을 대는 날이 왔다. 물론 중성화 수술 때 댔지만, 그건 병은 아니었으니까.

혹부리 나무답게 이번에도 혹이 문제였다. 그 혹이 생긴 장소가 하필이면 귓바퀴 안쪽. 그게 나날이 커져서 귓구멍을 막으려 했다. 수술 날짜를 잡아놓았지만, 커지는 속도가 너무 빨라서 수의사 선생님께서 다른 병원에서 수술받도록 연계해주었다.

낯선 병원, 좁은 케이지 안에서 나무는 엄청나게 짖었다고 한다. 마음이 찢어졌다. 수술하는 김에 등에 있는 지방종도 제거해서 머리도 붕대 둘둘, 등도 붕대 둘둘. 너무 아파 보여서 또 마음이 찢어지고. 마취에서 깨어난 나무를 데리고 집에 올 때 선생님께서, "아무리 식탐 많아도 오늘 같은 날은 별로 안 먹으려고 할 거예요. 그리고 먹어도 토하니까 저녁 8시 이후에 주세요"라고 하셨는데…… 무슨요. 집에 오자마자 냉장고 앞에서 먹을 거 내놓으라고 왈왈. 조심스럽게 조금 주었더니 먹고 또 먹고 또 먹고…… 아무 탈 없었다. 토할까봐 걱정했으나 한숨 자고 일어나더니 또 밥 달라고 왈왈. 호시탐탐 밥 달라고 레이저.

님, 오늘 수술하신 개 맞아요? 아프다고 낑낑거리는 것보다 다행이긴 하지만, 무적의 식탐대마왕.

수술 후 나무

몸의 반이 붕대인 나무를 보는 내 마음은 찢어지는데, 정작 나무는 아무렇지도 않은가 보다. 붕대 하나 둘렀을 뿐, 행동은 전과 달라진 게 없다. 나하고 같이 자다가 정하한테 가서 밥 달라고 깨우는 것도 여전하고, 사료를 주면 폭풍 흡입하는 것도 여전하다. 수의사 선생님께 "얘들은 안 아파요?" 물었더니, "아프죠. 생살을 찢고 꿰맸는데"라고 했다.

개들은 대체 통증을 어디까지 참을 수 있는 걸까. 붕대 나무가 안쓰러워서 마감이고 뭐고 종일 나무만 보고 있다. 하루에 몇 번씩 붕대 사이로 등과 머리를 긁어주고 마사지해주고. 가장 힘든 것은 매일 병원에 가는 일이다. 소독하고 붕대를 다시 감고, 주사도 맞고 약도 받아와야 한다.

하지만, 이 더운데 붕대 칭칭 감고 있는 나무에 비하면 이런저런 투덜거림도 다 배부른 소리다.

동물병원에서

나무는 여느 때처럼 뿔뿔거리며 대기실을 돌아다니더니 수의사 선생님이 "나무 들어오세요" 하고 진료실 문을 열자, 의자 밑으로 쏙 들어갔다. 선생님을 그렇게 좋아하더니 수술 한 뒤로 병원이 무서운 곳이란 걸 알아버린 모양이다. 이 병원에서 수술한 것도 아닌데. 이제 병원견 행세도 하지 않는다. 수술한 뒤에 귀 모양이 조금 변형될 수 있을 거라고 했으나, 수술 자리는 기가 막히게 감쪽같았다. 귀를 확인하던 선생님이 또 나무의 미모를 칭찬하셨다.

"나무는 정말 동안이고 예쁜 얼굴이죠."

"맞아요. 산책 나가도 나무만큼 예쁜 애들은 별로 못 봤어요."

"보호자 분이나 나무나 진짜 동안이세요."

"맞아요. 저도 그렇게 생각해요. 선생님도 만만찮으세요."

9년째 다닌 동물병원이어서 선생님이나 나나 나무나 같이 늙어가는 처지라, 서로 칭찬하며 으쌰으쌰.

정하와 나무, 1년 동안 이별하기

정하는 대학교 3학년, 나무는 열한 살. 둘은 앞으로 1년 동안 헤어지게 됐다. 정하가 도쿄에 교환학생으로 가기 때문이다. 1년 동안 나무를 못 보고 어떻게 살지 정하는 걱정이 이만서만이 아니다. 입방정이 될까봐 말하진 않았지만, 솔직히 나도 걱정이었다. 나무가 지금은 건강하지만, 어쨌든 열한 살 노견이다. 정하가 돌아올 때까지 무사할 거라고 아무도 보장할 수 없다. 그러나 교환학생 가는 것은 입학할 때부터 정하가 희망했던 일이라 좋은 기회를 놓칠 수도 없다.

일본으로 떠나기 며칠 전에 세 식구 추억을 만들기 위해 뚝섬유원지로 소풍을 갔다. 동물병원까지는 가끔 택시를 탄 적이 있지만, 더 멀리 택시를 타고 가는 일은 처음이었다. 다행히 나무는 얌전히 잘 타고 있었다. 마침 하늘도 그림처럼 예쁜 날이었다. 나무가 얼마나 좋아할까 하며, 택시에서 내렸다.

그런데 나무는 잔뜩 겁을 먹고 이동 장에서 나오지 않으려고 했다. 생각해보니 택시와 이동 장을 이용할 때는 항상 병원갈 때뿐이었다. 그래서 이동장 밖이 두려웠던 것이다. 간식으로 유인해서 겨우 나오게 했더니 잠시 두리번거리다가 신나게 달렸다. 이렇게 좋아하는 것을⋯⋯. 나무가 더 어리고 젊을 때 많이 나왔더라면⋯⋯. 정하와 나무의 사진을 원없이 찍었다. 즐거운 소풍이었다.

드디어 정하가 떠나기 전날. 정하는 짐을 싸면서 나무와 헤어질 생각에 계속 울고, 아무것도 모르는 나무는 캐리어에 들어갔다 나왔다 하며 신나게 방해하고. 나는 1년 동안 혼자 나무 돌볼 생각에 암담하고. 좋은 일로 떠나는데 왠지 모르게 마음이 무거웠다.

짧은 밤을 보내고 이른 아침에 도심공항터미널까지 배웅을 나갔다. 원래는 눈물 많은 모녀, 사람 많은 데서 울면 창피하다고 집에서 헤어지기로 했지만, 캐리어가 정하 몸무게만큼이나 무거워서 혼자 보내기 안쓰러웠다. 자는 나무를 깨워서 같이 갔다. 아무리 밖에 나가는 걸 좋아하는 나무지만, 한잠 들었는데 데리고 나가니 개당황하는 모습이다. 그래도 도착해서는 정하랑 잘 놀았다. 데리고 오길 잘했다. 우리는 서로 눈물 꾹 참고 헤어졌다. 나무는 언제나처럼 무념무상. 일찍 일어나서인지 나무는 종일 자고 일어나서 밥 먹고 또 잤다. 실컷 자고 일어나더니 그제야 뭔가 이상한 분위기가 감지되는지 정하 방에 스윽 들어갔다 나왔다. 그리고 또 밥을 먹고는 정하 방 앞에 가서 잤다.

우리 1년 뒤에 건강한 모습으로 언니 만나자. 나무야. 부디, 꼭, 꼭. 멀리 간 정하 걱정은 하지 않고, 옆에 있는 나무 걱정만 하는 나.

도쿄에 간 정하는 가슴 아픈 일이 있긴 했지만, 잘 이겨내고 아르바이트도 구해서 자급자족하며 건강하게 지냈다. 나무가 보고 싶을 때마다 영상통화를 걸어서 한 시간이고 두 시간이고 나무 얼굴을 보았다. 참 좋은 세상이다. 내가 20대 때 도쿄에 갔을 때는 집에 한 달에 한 번씩 공중전화로 전활 걸어서 겁나게 빨리 떨어지는 동전 보며, 잘 있지? 난 잘 있어. 별일 없지? 난 별일 없어, 하고 안부만 묻고 끝냈는데. 언제든지 연락할 수 있는 무료 영상통화 덕분에 멀리 떨어져 있어도 마음대로 나무를 볼 수 있다.

나무는 정하가 아무리 "나무야! 나무야!" 하고 불러도 들은 척을 하지 않아서 개한테는 주파수 문제로 휴대전화 소리가 들리지 않나? 하는 무식한 생각까지 했다. 하지만 정하가 "나무야, 손!" 하니까 벌떡 일어나 나한테 와서 손을 주었다. 손 하면 밥을 주니까 '손=밥'으로 생각하는 나무. 뽀뽀도 마찬가지다. 뽀뽀하면 밥을 주니까, 정하가 "나무, 뽀뽀" 하면 얼른 나한테 와서 뽀뽀해주고 밥통 앞으로 간다. 세상의 모든 것은 먹을 것으로 귀결되는 우리 나무. 정하는 나무와 즐겁게 통화하다가, 끊을 때쯤 되면 꼭 울음을 터트렸다.

"무슨 부귀영화를 누리겠다고 이렇게 나무랑 떨어져서 사는지. 으어엉엉엉."

나무가 좀 이상해졌다

정하가 없는 생활에도 익숙해지고, 해는 바뀌어 나무는 열두 살이 됐다. 반년만 있으면 정하가 돌아온다. 사고 없이, 건강하게 언니를 만나자고 나무와 새해 약속을 했다. "알았지, 나무야?" 하고 재차 말했지만, 언제나 사람 말을 씹는 녀석이어서 들은 척도 하지 않았다.

그렇게 새해가 시작된 뒤 얼마 지나지 않아서 깨달았지만, 나무가 어딘가 이상해졌다. 내가 앞에 서 있는데 정신없이 나를 찾으러 다닌다. 안방, 정하 방, 화장실, 거실. 나무가 집에 있는 나를 찾으러 다니는 일이 잦아졌을 무렵에 달라진 게 또 있었다. 중랑천 둑길에 산책을 가면 12년째 같은 길을 직진만 했던 나무가 조금 가다 말고 홱 돌아서서 반대편으로 갔다. 나무가 원하는 대로 가주다가 원래 가던 방향으로 돌려놓으면 몇 걸음 가다가 다시 홱 돌아선다. 왜 그러는지 도무지 모르겠다. 예전엔 길 가다 시비 거는 개들이 있어도 개무시하고 갈 길 가더니, 이제 그런 애들을 만나면 바로 돌아서서 되돌아온다.

이 길로 산책하다가 좋지 않은 일이 있었나? 아무리 생각해봐도 없다. 뇌에 이상이 온 걸까. 뭐가 문제일까. 그러고 보니 밥을 줘도 예전처럼 다다다다 날아와서 먹는 게 아니라, 다나나다 오긴 오되 밥그릇을 찾느라 잠시 두리번거린다. 엘리베이터를 타면 자기가 해리포터인양 벽 쪽으로 나가려는 일도 종종 있다. 모퉁이를 돌 때는 담쪽에 너무 바짝 붙어서 몸이 긁히고 좁은 길에서는 벽에 몸이 닿도록 붙어서 걷는다.

도대체 왜 이러는 걸까요. 좀 천천히 늙어가자, 나무야. 언니 올 때까지 건강해야지.

백내장이라고요?

동물병원에 갔더니 나무보다 한 살 많은 대형견이 눈만 꿈뻑꿈뻑인 채 축 쳐져서 대기실 긴 의자에 누워 있었다. 이제 그런 모습이 남일 같지 않다.

안타까워서 눈물이 나는 걸 애써 참고 있는데, 그 아이 보호자가 나무한테 계속 "애는 눈이 안 좋네, 눈이 안 좋아, 눈이 부옇네, 부예"라고 했다. 내가 그 아이한테 "애는 다 죽어가네, 다 죽어가"라고 하면 듣기 싫을 거면서 왜 남의 개한테 그런 말을 할까.

그러고 보니 많이 아파 보이는 그 아이는 눈동자가 까맣다. 나무 눈을 보니 부옇긴 하다.

수의사 선생님께 이런저런 달라진 나무 이야기를 하며 "뇌에 문제가 있는 걸까요?" 하고 물어보았다. 시력이 떨어진 건가 생각도 했지만, 시력 때문이라고 하기에는 평소 가던 길을 가지 않으려고 하는 점이 이상했다. 어딘가 모르게 평소와 다른 어눌한 행동들은 뇌 문제인가 싶었다.

선생님은 나무 눈을 검사하시더니 백내장 초기라고 했다. 부연
막이 생겨서 사물이 불투명하게 보인단다. 눈이 약간 희끄무레해지
긴 했지만, 그냥 나이 먹어서 그런 줄 알았더니 백내장이 오는 것이
었다니.

갑자기 왜 이렇게 됐을까.

단호박, 당근, 브로콜리. 집에 와서 강아지 백내장에 뭐가 좋은지
열심히 검색했다. 뾰족한 방법은 없는 것 같다. 그나마 이 세 가지를
먹이면 눈에 좋다고 한다. 사람이랑 똑같네. 나무를 위해 채소를 사
와서 삶고 다지고 소량씩 포장하여 냉동해두었다.

나무는 매일 생일인 것처럼 환장하고 먹는다. 진작 좀 챙겨주면
좋았겠지만, 피부병 때문에 조금만 다른 걸 먹여도 금세 피부가 뒤집
어져 약을 먹어야 한다. 요즘도 여전히 피부는 좋지 않다. 아니, 일생

좋지 않았다. 눈에 좋은 채소를 먹여야 할지 피부를 생각해서 먹이지 않아야 할지 이것도 딜레마.

본격적으로 탈이 생기기 시작한, 열두 살 나무.

동물 전문 안과에 가다

백내장이란 말을 들은 이후로 매일 인터넷으로 백내장을 검색하다가, 동물 전문 안과가 있다는 걸 알았다. 진료비가 비싸다는 정보까지 접수하고 예약을 했다. 인터넷에서 강아지 백내장 단계 사진을 보니 나무는 아직 초기 같다. 초기면 충분히 수술할 수 있다.

동물 전문 안과는 넓고 깨끗했다. 당연하지만, 대기하고 있는 아이들 눈이 하얗다. 나무도 언젠가 저렇게 될까. 옆에 앉은 사람은 이미 수술을 하고 관리하러 다니는 중이라고 했다. 넌지시 수술비를 물어보았다. 몇백은 가뿐히 든다고 했다. 그래도 수술을 해야지, 수술을 하면 나무 눈도 다시 까매질 거야.

그러나 이런저런 눈 검사를 한 뒤에 수의사 선생님은 청천벽력 같은 소리를 했다. '망막변성'이란다. 완치할 방법이 없다고 한다. 진행을 더디게 하는 약도 없다고 한다. 그래서 진료비가 16만 원 남짓 나왔지만, 안약 한 방울 넣어주지 않았다. 안약을 넣어봐야 소용없다고. 원인은 유전이거나 노화이지만, 유전적인 요소가 높다고 한다. 미리 대처할 수 있는 것도 아니고 어느 날 갑자기 시력을 잃게 되는 것이란다. 어쩐지 나무가 벽이나 식탁 모서리에 가서 눈을 비비는 일이 잦다 했더니, 잘 안 보여서 그랬던 거구나…….

"지금은 어느 정도 시력이 남았을까요?"

"20퍼센트 정도요?"

하늘이 무너지는 기분이 이런 걸까. 상상도 해보지 못했다. 언젠가 무지개다리를 건넌다는 건 늘 염두에 두고 있었지만, 시력을 잃을 거란 생각은 한 번도 해본 적이 없다.

아아, 나무야. 어쩌자고. 왜 네가. 제발 정하가 돌아올 때까지만이라도 시력이 조금은 남아 있길……. 언니 얼굴은 봐야지…….

망막변성

안과 수의사 선생님이 말씀하시길, 망막변성은 그 유전자를 가진 개가 새끼를 낳지 않는 것 말고 예방책이 없다고 한다. 진짜 몹쓸 병이다. 나무는 새끼를 낳지 않았으니 됐고, 그래도 뭐라도 도움이 되는 게 없을까, 아무리 검색하고 검색해도 역시 아무런 방법이 없었다.

실명한 개그맨 이동우 님을 TV에서 본 적 있는데, 망막변성 때문이란 것도 검색하다 알았다. 개가 실명해도 이렇게 하늘이 무너지는 것 같은데, 본인도 가족도 얼마나 막막했을까. 야후 재팬에서 망막변성을 검색하다 본 글인데 개들은 시력을 잃은 공포로 익숙하게 잘 다니던 길도 어느 날 갑자기 싫어하게 된다고 한다. 우리 나무, 그래서 12년 동안 다니던 길을 가지 않으려 했구나. 그것도 모르고 뇌에 이상이 생긴 줄 알았다.

너무 몰라서 미안해. 이제 내가 24시간 너의 눈이 되어줄게.

개는 시력이 없어도 괜찮아요

많은 사람들이 그렇게 위로했다. 개는 원래 시각이 약하고 청각과 후각이 발달한 동물이어서 실명을 해도 생활에 별로 지장이 없다고.

그렇지만 그것은 이론이다. 나무가 암흑 속에서 남은 생을 살아야 한다고 생각하면 눈물밖에 나지 않는다. 나무가 망막변성이란 걸 안 뒤로 때와 장소를 가리지 않고 펑펑 눈물이 터졌다. 밥 먹다가도 일하다가도 버스를 타고 가다가도 나무와 산책을 하다가도. 나무와 늘 산책하는 중랑천 수위가 높아졌다면 내 눈물 때문일지도 모른다.

정하가 교환학생 생활을 마치고 돌아왔다. 나무는 아직 조금 남은 시력으로 꼬리가 떨어지게 흔들며 반가워서 어쩔 줄 몰랐다. 일본에서 나무가 전맹全盲이 된 줄 알고 매일 같이 울던 정하는 "얘, 눈 다 보이네" 하며 조금이라도 보이는 걸 보고 안도했다. 정하는 돌아온 다음 날부터 매일 나무 산책을 시켜주었다.

개모차

실명 생활에 익숙하지 않은 나무는 산책을 나가도 직진을 하지 못하고 반경 50미터 이내를 뱅뱅 돌았다. 그래서 애견 유모차를 샀다.

이른바 개모차. 나무를 태워서 나갔더니 이 승객, 입석으로 타시네. 싫다고 내리려고 하진 않았지만 앉질 않는다. 새로운 문물이어서 좀 두려운 것 같았다. 눈이 조금이라도 보일 때 샀더라면 좋았을걸. 간식을 계속 넣어주며 개모차는 산책도 하고 맛있는 것도 먹는 즐거운 탈것이라고 세뇌시켰다. 나무는 개모차를 타니 멀리까지 쭉쭉 갈 수 있었다.

서서히 적응한 나무는 두리번두리번
귀로 코로 열심히 음미했다. 바람과 신록을.
그런데 승객님, 제발 좀 앉아주세요.

개집

"집 안이 온통 나무 물건이야. 지저분해."

정하가 웃으며 툴툴거렸다. 나무가 실명한 뒤로 베란다에는 어린
이집처럼 푹신한 매트를 깔고, 거실에는 미끄럼 방지 매트 위에 요기
매트를 두 장 더 깔았다. 부딪치면 아플까봐 벽마다 폼을 붙였다. 식
탁 의자 다리마다 뽁뽁이를 뽁뽁 감아놓고, 벽과 가구 모서리에는 보
호막을 붙였다. 미관 따위 전혀 신경쓰지 않고 나무의 안전만 생각한
것이다. 지저분하지만 어쩔 수 없다.

"그냥 개집에 우리가 얹혀산다고 생각해"라고 했더니 정하도 바
로 납득한다. 이제 사람만 부르지 않으면 된다. 개집에 얹혀사는 주
제에 손님까지 초대할 순 없다.

독심술사 나무

실명한 뒤로 나무는 점쟁이나 독심술사처럼 용해졌다. 내가 외출하는 걸 귀신 같이 안다. 내가 샤워하고 나올 때부터 나간다는 걸 감지한다. 외출하지 않을 때는 샤워하고 나와도 그냥 잔다. 독심술을 하지 않고서야 어떻게 외출하려고 씻는 걸 아는지 모르겠다. 씻고 나오면 자다가도 벌떡 일어나서 그때부터 따라가려고 서성거린다. 화장을 하고 옷을 입고 나면 그 분위기는 절정. 나 꼭 데리고 나가라고 다리에 매달린다. 눈이 보이고 건강할 때도 이런 장면을 연출하는 게 싫어서 되도록 외출을 하지 않았다. 하물며 앞이 보이지 않는 아이를 이렇게 두고 나가려면 얼마나 가슴이 아픈지. 나무야, 내가 나갈 때는 꼭 나가야만 할 때란 걸 알아주길. 오늘은 너무 매달려서 할 수 없이 약속 시간을 좀 미루고 짧은 산책을 했다. "그래, 나가자" 하면 폴짝 안겨서 찰싹 붙는데, 마치 어린이집 가기 싫어하는 아이 같다. 평소에 그렇게 좀 안겨봐라, 이 녀석아.

나무 눈을 뜨게 해준다면

　현재 망막변성에 과성숙 백내장. 그다음 올 수 있는 것은 수정체 탈구라고 한다. 뭔가 점점 무시무시해진다. 보이지 않아도 아프지만 않으면 좋을 텐데. 저 귀여운 것이 어니 처박을 때마다 정하랑 동시에 "악!" 하고 비명을 지른다. 수의사 선생님 말로는 개는 생각보다 머리가 단단해서 그 정도로는 아프지 않다고 한다. 그렇지만 나무가 박을 때마다 우리가 더 아프다. 아버지 눈 뜨게 하려고 공양미 300석에 팔려 간 심청이의 마음이 이해가 된다. 나무 눈을 뜨게 해준다면 내 영혼이라도 팔 것 같다.

실명견 생활

나무가 실명을 한 뒤 크게 달라진 것. 아무 데나 볼일을 본다. 십여 년 전 이 집에 이사 왔을 때 말고는 한 번도 배변판 아닌 곳에 싼 적이 없는데(잠시 실외배변 버릇이 들었을 때 말고는).

하지만 이해한다. 배변판은 안방에 있다. 나무 입장에서는 어둠 속을 다니는 것일 테니 가기 어려울 것이다. 그래서 배변판을 밖으로 꺼내 보았다. 실패다. 그럴 줄 알았다. 희한하게 남의 집에 가서도 꼭 안방에서 볼일을 본다. 독특한 배설 생활을 하는 나무.

어제 아침에는 거실 한복판에 오줌을 한강처럼 싸놓았다. 이런 적은 처음이다. 아마 자다 깨서 오줌은 마려운데 사방 보이질 않으니 당황하다 그냥 싼 것 같다. 엄청난 양이 당시의 절박함을 말해주고 있다.

오늘은 아침 6시도 채 되지 않아 컹! 컹! 하고 도움을 요청하듯 짖는 소리가 들렸다. 일어나서 가보니 안방에 갇혀 있었다. 볼일은 봤는데 또 방향이 읽히지 않아서 우왕좌왕하다 방문이 닫힌 것이다. 낮에는 하지 않는 실수들인데⋯⋯. 밤이나 이른 아침에는 잠결이어서 그런가, 어두워서 그런가. 시각을 잃으면 청각과 후각이 예민해진다지만 그것도 다 젊은 개들 얘기고, 우리 노견은 근래 청각과 후각이 훅 나빠졌다. 일단 청각과 후각으로 나를 찾지 못한다. 청각은 아주 많이 나빠졌다.

아까도 내가 집에 없는 줄 알고 현관에서 짖고 있었다. 안방에서 불렀지만 들리지 않는가 보다. 겨우 몇 달 사이에 애가 확확 늙으니 환장할 노릇이다. 너무 힘든 건 잠을 자지 않는 동안은 계속 보채는 것이다. 먹을 것 줘, 산책 가줘, 놀아줘, 그런 의미겠지. 돌아버릴 것 같다. 장애견을 돌본다는 게 이런 거구나 실감한다. 이게 사람이라면 얼마나 힘들지 상상이 되지 않는다.

아무리 하늘보다 높고 바다보다 깊은 사랑으로 키우지만 계속 보채면 너무 지쳐서 소리 한번 지를 때 있다. "제발 좀!" 하고. 그러면 나무는 혼난 게 민망한지 물 한 모금 먹고 슬며시 가서 잔다. 자는 걸 보면 불쌍해서 가서 쓰담쓰담. 그러면 '나 안 잤지롱' 하듯이 발딱 일어나서 또 먹을 것 달라고 밥통 앞으로.

나무야, 어쩌라고?

방년 13세가 된 나무. 실명한 뒤로 뭔가 우울해 보인다. 당연하겠지. 우리가 세심하게 신경 쓰지만, 그래도 보이지 않는 답답한 세상이 얼마나 우울할까. 종종 잠도 안 자고 앉지도 않고 하염없이 거실을 왔다 갔다 하거나 제자리에 멍하니 서 있다.

오늘은 먹을 것 실컷 먹고 쌀 것도 쌌고 산책도 했고 목욕도 했으니 이제 자기만 하면 되는데, 나무는 몇 시간을 앉지도 않고 계속 돌아다녔다. 간식을 주면 먹고 또 돌아다닌다. 보다 못해서 거실에 이불을 깔고 "나무야, 엄마하고 같이 자자" 하고 누웠더니 그제야 기나긴 방황을 마치고 돌아온 탕아처럼 기나긴 종종거림과 헥헥거림을 멈추고 내 옆에 누웠다.

아 참, 우리 나무 관종이었지. 혼자 내버려둬서 그렇게 돌아다녔구나. 나무가 계속 서 있거나 쉬지 않고 집 안을 돌아다닐 때, 간식을 주다 주다 지쳐서 '더 이상 어쩌라고' 하는 마음으로 모른 척 할 때가 많았는데, 바랐던 게 간식이 아니라 옆에 누워주는 것이었다.

13년을 살아도 내가 네 마음을 모르네, 나무야.

애는 보이지 않아요

산책할 때마다 "애는 눈이 보이지 않아서요"라는 말을 자주 하게 된다. 이를테면 다른 개가 다가와도 나무가 본 척도 하지 않으면 대부분 보호자들이 자기 개한테 이렇게 말한다. "네가 싫대."

그럴 때 설명을 하게 되는 것이다. 애초에 지나가는 개님들도 이 노인견한테 마음이 없었을 텐데 "네가 싫대"라고 하면 아무리 개여도 기분 나쁠 테니까. 거기서 그렇군요, 하고 각자 갈 길 가면 좋은데 왜 실명했는지 묻는다. 그러면 "나이가 많아서요"라고 성의 없이 대답하고 돌아선다. 망막변성으로 실명한 뒤 백내장에 걸렸다고 묻는 사람마다 구구절절 대답하기에는 체력이 딸린다. 눈을 번쩍 뜨게 하는 의술은 언제 나올까? 어차피 그런 의술이 나왔을 때 나무는 없겠지만 말이다.

슬슬 편식

나무는 어릴 때부터 그렇게 좋아하던 바나나를 먹지 않게 됐다. 환장하며 먹던 황태국도 잘 먹지 않는다. 안 먹는 것들이 이렇게 점점 늘어나는 걸까. 나무에게 사랑받던 음식들이 하나둘 버려지고 있다. 불쌍하네. 더 불쌍한 건 그 좋아했던 음식들을 먹지 못하게 된 나무지만.

다름 아닌 사랑과 자유

《다름 아닌 사랑과 자유》(문학동네)를 읽고 나니 나무가 이렇게 존재해주는 것만도 너무나 감사한 일이구나, 하는 생각이 들었다. 특히 김금희 작가의 시추 장군이 이야기! 상군이는 여섯 살에 망막박리로 실명했는데 현재 열여섯 살이라고 한다. 희망희망희망. 장군이가 실명한 뒤 길 가다가도 울었다는 이야기는 정말…… 내가 작년에 그랬잖아요. 장소가 어디든 관계없이 눈물이 펑펑. 실명을 하고도 10년째 끄덕없이 살고 있는 시추가 있다는 걸 그때 알았으면 좀 덜 울었을 텐데.

초저녁에 어쩔 수 없이 나무를 혼자 두고 엄마한테 다녀왔다. 현관문을 열기 전에 항상 마음의 준비를 한다. 나무가 오늘은 또 응가와 오줌으로 어떤 전위예술을 해 놓았을지. 그런데 집에 왔더니 캄캄한 가운데 나무가 없다! 어디 구석에 들어갔다가 못 나오고 있는 건가 하고 얼른 불을 켜고 애를 찾았더니…….

세상에. 캄캄한 안방의 배변판에서 쉬를 하고 나오는 게 아닌가. 내가 있을 때도 종종 이불에 오줌 싸던 아이가 이렇게 캄캄한데 배변판에 가서 쉬를 하다니. 어차피 보이지 않으니 밝기는 상관없겠지만, 그래도! 사람만 없으면 아무 데나 싸던 녀석이 이제 실명 생활에 좀 익숙해진 모양이다. 장하다, 나무야. 감동이야……

4

나무가 어딘가
이상해졌다

나무의 성별

개를 데리고 산책 나온 사람들은 서로 개의 나이를 묻곤 한다. 사람 나이를 물으면 실례지만, 개 나이는 물어도 그리 실례가 되지 않는다.

나무 나이를 말하면 대부분의 보호자들은 사기 개한테,

"오빠네."

"형이네."

"삼촌이네."

…… 심지어 오늘은 "할아버지네"까지 들었다.

솔직히 우리 눈에도 나무가 암컷으로 보이지 않긴 하지만, 이렇게 100퍼센트 확률로 수컷으로 보다니. 나무야, 가을에는 예쁘게 하고 다니자. 할아버지는 진짜 충격이었다. 물론 할머니라 해도 충격이겠지만…….

동병상련

길 가다 나무 또래로 보이는 멍멍이를 만나서 나이를 물으니 역시나 동갑이었다. 멀리서 보면 작고 귀여운 강아지들이지만, 가까이에서 보면 하나는 앞이 보이지 않고, 하나는 다리가 불편한 열세 살들. 산책하다 스쳐 지나는 사이지만, 아이들 나이가 같으니 보호자들끼리 서로 끄덕이며 '말하지 않아도 알아요' 하는 눈빛을 나눈다.

작고 귀여운 아기들아, 부디 건강해야 해.

안과에 또 가다

동물 전문 안과에 다녀온 지 1년이 넘었다. 우리 동물병원 수의사 선생님도 갈 때마다 꼼꼼하게 눈을 관리하고 안약을 넣어주시지만, 전문적인 기계가 많은 그곳에서 한 번 더 정확한 검사를 받고 싶었다. 다행히 백내장 4기이지만 염증 같은 건 없다고 했다.

오늘 안과에서 들은 말도 "어차피 수술도 못 하고 치료 방법도 없으니 합병증 생기지 않게 조심하세요" 한마디가 끝. 아무것도 해주지 않는다. 아니, 애 눈에 눈곱이 그렇게 큰 게 꼈는데 좀 떼주기라도 하지. 그런 무심함이 서운했다. 눈곱 떼는 게 별일 아닌 것 같지만, 나무는 실명한 뒤로 얼굴 쪽에 손이 가면 기겁하고 싫어해서 집에서는 좀처럼 떼주기가 힘들다. "눈곱 좀 떼주세요" 했더니, 수의사 선생님은 장비를 쓰고, 간호사 선생님과 나는 나무를 꽉 잡아야 했다. 조그마한 개의 눈곱 하나 떼는데 사람 셋이 매달리는 우스꽝스럽고도 슬픈 광경. 그깟 눈곱 때문에 나무를 공포스럽게 만들었다.

뽀돌이, 무지개다리 건너다

대구에 사는 셋째 언니네 강아지 뽀돌이가 무지개다리를 건넜다. 뽀돌이는 열여섯 살로 인형처럼 귀엽게 생긴 갈색 포메라니안이다. 언니는 식음을 전폐하고 미친 듯이 울며 하루하루를 보냈다. 얼마나 자식처럼 사랑했는지 알기 때문에 이해는 했지만, 심하지 않나 싶을 정도로 자책하고 괴로워했다. 그런데 나중에 뽀돌이가 떠난 사연을 듣고 보니 그럴 만도 했구나 하는 생각이 들었다.

뽀돌이가 뇌수두증으로 입원했다가 퇴원한 뒤, 언니가 혹시 폐수종은 아닌지 병원에 문의했던 모양이다. 그랬더니 그 병원은 기계가 없어서 검사를 못 하니 큰 병원에 가보라며 종합병원을 소개시켜주었다고 한다. 그래서 소개해준 병원에 가서 검사를 했는데 폐수종은 아니고 만성신부전 말기라며 신장이식을 하거나 혈액투석을 하라고 했단다. 며칠 전에 퇴원했지만, 만성신부전은 언급도 없었던 터라 청천벽력.

열여섯 살 노견에게 그런 처치를 하는 건 무리 같다고 하지 않겠다고 했더니, 그러면 앞으로 2주밖에 살지 못 한다는 병원 측 말에 바로 입원을 시키고 왔단다. 아무래도 걱정돼서 이틀 뒤에 데리고 오려고 하니 이틀 더 입원해야 한다고 해서 결국 4박 5일 만에 퇴원. 뽀돌이는 입원하기 전보다 상태가 더 나빠져서 반송장처럼 늘어져 있었다고 한다.

집에 가서 잘 챙겨 먹여야지 하고 200만 원이 넘는 병원비를 내고 데려왔는데. 뽀돌이는 집에 와서 아무것도 먹지 못했단다. 그러고는 다음 날 그대로 무지개다리를 건넌 것이다. 이런 상황에 미치지 않을 보호자가 있을까.

뽀돌이는 정말로 안타깝게 떠났다. 말로 표현할 수 없을 만큼 안타깝고 억울한 일이다. 하지만, 그 생각만 하고 있다보면 사람도 병난다. 어쩔 수 없었던 죽음보다 뽀돌이의 삶을 생각하는 게 어떨까.

뽀돌이는 온 가족의 사랑을 받으며 열여섯 살 때까지 왕자님처럼 잘 살았다. 한우, 토마토, 브로콜리, 단호박 등등의 건강식을 먹으면서. 그렇게 살다가 마지막 순간까지 병원비 아끼지 않고 조금이라도 아프지 않게 해주려는 언니의 사랑 속에서 떠났다.

그것만으로도 뽀돌이는 행복한 견생이었을 것이다. 그러니 언니는 뽀돌이에게 미안해하지 않아도 된다고 생각한다. 언니뿐만 아니라, 안타깝게 반려동물 보내신 분들이 자책하지 않았으면 좋겠다. 보호자가 어떻게 할 수 없는 그 아이의 운명이었다.

귀여운 뽀돌아, 잘 가. 나중에 나무가 가면 잘 놀아주렴. 동생이지만 너보다 체격이 좀 좋다.

직진 나무

산책을 가면 신나게 잘 걷는 나무. 요즘은 무조건 직진. 실명견 초기에는 앞으로 나가질 못하고 주변을 빙글빙글 돌기만 해서 서로 힘들었는데. 빠르진 않지만 앞으로 쭉쭉 걸이기니 얼마나 고마운지. 언젠가 숨을 쉬는 것만도 고마운 날이 오겠지.

펫로스 증후군

  뽀돌이가 떠나고 몇 달 되지 않아서, 큰언니가 입양한 푸들 '공주'도 열여섯 살에 무지개다리를 건넜다. 공주는 너무 아파서 안락사로 보냈다. 나도 안락사를 권했고, 안락사를 극구 싫어하는 수의사 선생님도 안락사를 생각하셨을 만큼 많이 아팠다.

  언니는 퇴근해서 집에 오면 매일 공주를 깨끗이 닦아주고 씻겨주고 산책시켜주고 딸처럼 아끼고 사랑한 훌륭한 보호자였지만, 역시 자책감으로 심하게 괴로워했다. 밖에서 일하는 사람들은 아이를 보낸 뒤 혼자 집에 있게 한 걸 가장 가슴 아파하지만, 떨어져 있는 시간에도 잠시도 사랑하지 않은 적 없는 것은 명백한 사실. 일부러 아프게 하고 일부러 외롭게 한 게 아니니 떠난 아이들도 그 마음 충분히 이해할 거다. 그러나 어떤 말도 어떤 위로도 귀에 들어오지 않는 것 같다. 식음 전폐하고 우는 날이 길고 길었다.

  반려동물을 잃은 사람에게는 어떻게 위로를 하는 게 좋을까. 이

답도 내가 나무를 보낸 뒤에야 알게 될 것 같다. 아픔을 상상할 수는 있지만, 어디까지나 상상일 뿐이다.

미국의 대형 동물병원에는 반려동물이 떠난 뒤, 보호자의 정신과 치료를 병행한다고 한다. 언니들이 노견과 헤어지는 모습을 보니 절대적으로 그런 치료가 필요하겠다는 생각이 들었다. 아버지가 돌아가셨을 때도 언니들은 그렇게 슬퍼하지 않았다. 나도 살아오면서 제일 많이 울었을 때가 나무 실명했을 때이니 뭐……. 죽기라도 하면 그 슬픔 말로 다할 수 없겠지. 노견과 어떻게 헤어져야 좋을까.

아무리 생각해봐도 후회 없는 이별은 없어 보인다. 완벽한 준비를 하고 노견의 죽음을 맞이할 수 있을까. 집에서 죽으면 병원에 데려가지 못한 걸 후회할 테고, 병원에서 죽으면 아프게 하지 말고 집에 데리고 있다가 보낼 걸 후회할 테고, 고통을 보다 못해 안락사로 보내면 그냥 제 명대로 살게 둘 걸 후회할 테고, 아프다 떠나면 고통스럽지 않게 안락사를 해줄 걸 후회할 테고. 운 좋게 완벽한 이별을 했다고 해도 살았을 때 못 해준 일들 생각나서 괴로울 테고. 그 보들보들하고 따뜻한 생명체를 더 이상 안아볼 수 없다는 사실이 이미 미칠 것 같은 슬픔일 테니 펫로스 증후군은 생기지 않을 수 없겠지.

　노견을 보내고 죽을 듯이 슬퍼하는 언니들을 보니 남 일 같지 않다. 내게도 닥칠 일이다. 하지만 언젠가 나무가 떠난다면 몇 살에 떠나든 어떻게 떠나든 나무의 운명이었다고 담담하게 받아들이겠다고 나는 지금부터 마음의 준비를 하고 있다.

이번에는 간

―――――――

실명한 지 2년째, 나무도 우리도 실명 생활에 익숙해져서 나무가 실명견이란 걸 종종 잊고 지냈다. 노즈워크도 귀신같이 잘하고, 먹을 것 던져주면 아무리 작은 것도 잘 찾아 먹고, 배변판에 가지 않고 아무 데나 싸던 버릇도 없어졌다. 눈이 완전히 새하얘졌지만, 안압도 정상이고 별다른 문제는 없었다. 택시 타고 올림픽공원에도 가고 뚝섬 유원지에도 갔다. 눈이 보일 때 자주 갔더라면 좋았겠지만, 뒤늦게나마 나무와 원거리 소풍을 즐겼다. 세 식구, 이대로 몇 년은 더 즐겁게 살겠구나 생각했다.

열네 살이 되기 한 달 전인 12월, 스케일링과 건강검진을 하기로 했다. 시도 때도 없이 먹는 아이라 8시간 굶기는 것이 고난도 작업이어서 차일피일하다 해가 가기 전에 받기로 한 것이다. 집에 있으면 계속 먹을 것을 찾기 때문에 애견 미용실에서 전체 미용하는 날을 디데이로 잡았다. 미용을 마치고도 시간이 남아서 추운 날씨에 패딩 속에 꼭 안고 동네를 몇 바퀴 돌았다. 간신히 공복 시간을 채워서 동물 병원에 맡기고 집에 돌아왔더니 수의사 선생님한테 전화가 왔다. 간 수치가 높게 나와서 마취를 할 수 없다고 한다. 간이라니, 아니, 간은 또 왜? 힘들게 굶겼는데 날벼락이다. 다시 동물병원에 갔더니, 스케일링은 간 수치 낮춰서 몇 달 뒤에 해야 한단다. 1년 전 검사 때만 해도 정상이었는데 어쩌다…….

나무의 실명을 상상도 하지 못한 것처럼, 간 또한 마찬가지였다. 게다가 무지한 탓에 간 수치가 높다는 말의 심각성도 알지 못했다. 병원에서 처방해준 약을 먹으면 수치가 떨어지는 줄 알았다. 간 수치보다 천신만고 끝에 굶겼는데 이걸 또 해야 한다는 사실에 앞이 캄캄했다. 집에 오자마자 바로 강아지 간에 좋은 영양제를 검색해서 주문했다. 간이 안 좋은 아이들이 먹는 사료도 주문했다. 이렇게 먹이면 간수치도 바로 떨어지겠지.

간 수치가 떨어지지 않는다

새해가 되고 나무는 열네 살이 됐다. 처방약과 간 영양제와 간에 좋은 사료를 한 달 동안 꾸준히 먹여서 이제 정상이 됐겠지, 하고 가벼운 마음으로 동물병원에 갔다. 그런데 세상에 간 수치가 조금도 떨어지지 않았다. 이, 이게 무슨 심각한 일이지, 나무야?

그제야 좀 무서워져서 간 질환에 관해 열심히 검색했다. CT 검사를 받으면 간 수치가 높은 원인을 확실히 알 수 있지만, 검사비가 100만 원 가깝다. 정하는 만약에 나무가 수술을 한다면 아르바이트해서 모은 적금을 깨겠다고 했다. 설마 이게 CT 검사하고 수술까지 할 일은 아니겠지. 아닐 거야.

그리고 한달을 더 신경써서 돌보았지만, 간 수치가 떨어지긴커녕 더 높아지기만 했다. 그러자 수의사 선생님은 검사비를 50퍼센트 할인받게 해줄테니 지인이 있는 큰 병원에 가서 CT 검사를 해보라고 권하셨다. 나무에 대한 애정이 남다르심을 얘기하며 궁금해서 꼭 검사를 받게 하고 싶다고 하셨다. 정말 고마운 선생님이다. 간 수치가 나빠진 뒤로 엑스레이 검사도 매번 무료로 해주었는데…….

　나무는 정말 복도 많다. 그러니까 오래 살아야 된다, 나무야. 주위 사람들 간 떨어지는 일 없게 해주렴.

CT 검사를 했다

CT 검사를 하러 가는 날에 함박눈이 펑펑 내렸다. 나무는 정하가 큰마음 먹고 사준 비싼 털옷을 입었다. 털을 빡빡 깎은 지 얼마 되지 않아 좀 늙어 보이는 나무. 사태의 심각성을 모르는 우리는 눈 속에서 사진도 찍고 동영상도 찍고 언제나처럼 귀여운 나무의 모습을 휴대전화에 잔뜩 남겼다.

나무가 CT 검사를 받는 동안, 늦은 아침으로 병원 옆 가게에서 추어탕을 먹었다. 그 집 추어탕이 너무 맛있어서 엄마한테 갖다 주려고 포장도 했다. 집에 가는 길에 정하와 나무를 집 앞에 데려다주고 나는 엄마한테 추어탕을 갖다 줘야지 생각하며 태평한 시간을 보냈다. 설마 그런 결과가 나오리라고는 생각지도 못해서였다. 그저 간 수치가 높은 이유를 확실하게 알고 안심하려고 받는 검사였다.

수의사 선생님이 마취가 깬 나무를 우리에게 건네고, CT 검사 화면을 띄우더니 이렇게 말했다. 간의 반이 종양이고, 종양은 혈관 지

나가는 곳에 있어서 수술은 무리다. 조직 검사 결과는 일주일 뒤에 나오지만, 암인 듯하다. 항암 치료를 해야 할 것 같다……. 하늘이 무너질 때 이런 느낌일까. 우리가 한 최악의 상상은 수술이었는데 수술도 할 수 없는 병이라니. 정하는 평평 울었지만, 나는 꾹 참았다. 얼마나 심각한지 몰랐을 때도 동물병원 갈 때마다 울었다. 지금 울음이 터지면 감당 못한다. 참아야 한다. 집도 멀다.

검사하느라 굶고 고생한 슬링 백에 안고, 눈물 콧물 범벅인 정하와 택시를 타고 오면서 굳게 결심했다. 내 품에 안긴 이 조그만 아이에게 이제 아픈 짓을 시키지 않겠다고. 내 품에서 이대로 보낼 거라고. 나무가 우리 집에 왔을 때 내가 늘 하던 말이 "열다섯 살까지라도 살면 소원이 없겠다"였는데, 열네 살이면 아쉽게 세상을 떠나는 나이도 아니다. 언제 떠나도 슬프고 아픈 건 마찬가지일 것이다.

집에 오자마자 우리는 미친 듯이 울었다. 각자 두루마리 휴지 하나씩 들고 다 쓸 때까지 울었다. 그런 우리와 달리 마취제로 프로포폴을 맞은 나무는 애가 눈을 뜬 게 아닐까 싶을 정도로 신나게 집 안을 날아다녔다. 아, 불법이지만, 이런 거라면 나무한테도 종종 맞게 해주고 싶네, 울면서도 그런 생각을 했다. 시력을 잃은 뒤로 처음 보는 발랄함이었다. 너 암이래, 천지도 모르는 개님아.

일주일 동안 정하와 나는 울다 자고 깨서 울고 밥 먹다 울고 얘기하다 울고. 실명한 나무와 같은 암흑 속에서 눈물로 보냈다. 간암을 검색하니 6개월 이내에 세상을 떠나는 경우가 많다고 한다. 말도 안 된다. 나무가 죽다니. 6개월 안에 나무가 이 세상에서 없어진다니. 믿을 수 없다.

세상은 잠잠해지던 코로나19가 신천지 때문에 확산돼서 난리고, 산문집 《귀찮지만 행복해 볼까》(상상출판) 출간을 일주일 앞두고 있었지만, 그런 게 문제가 아니었다.

조직 검사 결과에 웃었지만

CT 검사 결과를 같이 보면서 암 선고를 받았기 때문에 오진일지도 모른다는 생각은 조금도 하지 않았다. 그래서 조직 검사 결과는 기다리지도 않았는데, 일주일 뒤에 검사한 병원에서 결과가 나왔다며 전화가 왔다.

"조직 검사 결과 양성으로 나왔습니다. 앞으로 6개월이나 1년 뒤에 또 검사를 받아보세요."

세, 세, 세상에, 양성이라니! 암이 아니라니! "선생님! 그럼 나무가 1년을 더 살 수 있나요?" 하고 바로 물었다. 머잖아 죽는 것처럼 울었는데 1년 뒤에 검사를 하라니. 그런 시간이 나무에게 있다니. 심청이 아버지 심학규 님 눈 뜬 기분이 이런 것이었겠지. 그때까지 암울하던 세상이 갑자기 빛으로 가득 차는 것 같았다. 살면서 한 번도 해본 적 없는 경험이다. 당연하다. 죽다 살아난 경험은 몇 번씩 할 수 있는 게 아니다. 마침 《귀찮지만 행복해 볼까》가 출간된 날 들려온 소식에, 비로소 책의 출간을 기뻐할 수 있었다. 나무야, 엄마 책 나왔어.

그러나…… 인생은, 아니 견생은 그렇게 호락호락하지 않았다. 다음 날, 우리 동물병원 수의사 선생님이 잔인하게도 이런 말씀을 하셨다. 조직 검사 결과가 잘못된 것 같다고. 여러 선생님들이 CT 영상을 보고 판단을 내린 바, 이것은 완벽하게 간암이라고 했다. 음, 나는 선생님께 이렇게 말했다.

"선생님, 저희는 나무가 양성이라고 생각하고 살래요."

한 번 양성이라고 했으면 양성인 것임.

하늘땅 별땅 각기별땅 퉤퉤퉤.

예민한 상전

나무는 시력을 잃고 몇 달 뒤 소리를 잃었다. 원래 잘 짖지 않는 아이여서 정확히 언제쯤부터 소리를 잃었는지는 잘 모르겠다. 그러더니 얼마 뒤부터 청력도 잃은 것 같았다. 현관문 열리는 소리가 나면 민감하게 반응했는데, 이제 아무 반응도 하지 않았다. 외출한 정하가 돌아와도 미동도 하지 않았다.

그래서 청력을 잃은 줄 알았다. 듣지도 보지도 말하지도 못하는 나무, 여전히 소머즈급 청력을 갖고 있었다. 약통 뚜껑만 열어도 벌떡 일어나고 선풍기 머리 돌리는 소리만 나도 일어나고 의자 삐걱거리는 소리만 들려도 일어났다.

간신히 재웠는데 잠시 방심하여 사소한 소리 낼 때마다 발딱 깨서 환장한다. 노인들이 잠귀가 밝다더니 진짜 잘 깬다. 나나 정하는 실수로 작은 소리를 내서 나무가 깰 때마다 "미안, 미안, 미안, 나무야, 미안해" 하고 대역 죄인처럼 사과한다.

귀라도 들려서 다행이다. 현관문 여는 소리가 나도, 이름을 불러도 못 들은 척 개무시하는 건 어떻게 생각해야 할지 모르겠지만. 어쨌든 우리 집에서는 나무가 갑이고 상전이다. 사람으로 치면 나이도 우리보다 많지, 눈에 뵈는 것 없지, 간도 부었지…….

당근마켓

당근마켓에 키워드 알림을 세 개 등록해놓았다. 간 영양제인 새밀린과 항산화제인 액티베이트와 강아지 간식. 이번 달 새밀린도 당근마켓에서 구입했다. 새밀린은 비싸다. 한 달분이 병원에선 7만 원대, 인터넷에서 최저가로 운 좋게 구하면 4만 원대도 있지만, 보통 5만 원이 넘는다. 당근마켓에서는 거의 반값에 올라올 때도 있다.

새밀린이나 액티베이트는 당근마켓에 자주 올라오는 품목은 아니어서 운이 좋아야 얻어걸린다. 조카에게도 그 동네 당근마켓에 올라오면 알려달라고 말해놓았다. 그랬더니 어느 날, 새밀린 5개월분이 올라왔다고 연락이 왔다.

아, 5개월…….

나무가 앞으로 5개월 살 수 있을까, 생각하는 순간 눈물이 펑펑. 5개월이란 말이 이렇게 아득하게 들릴 수 있을까. 그래도 싸게 올라왔을 때 샀다. 이분도 해외직구로 잔뜩 사놓았는데 아이가 갑자기 떠

난 모양이다. 뜯어서 먹던 약도 같이 보내주었다. 비싼 약 재어놓으
니 마음이 든든했다.

나무야, 진지하게 부탁한다. 욕심 부리지 않을 테니 이 새밀린이
라도 다 먹고 가줘.

당근마켓 2

당근마켓에서 액티베이트도 반값에 득템했다! 이제 한 4, 5개월 약 걱정 하지 않아도 된다. 물론 나무에게 4, 5개월 뒤가 있을지는 아무도 알 수 없지만.

당근 님은 액티베이트와 피부 영양제인 코텍스 두 가지를 올렸다. 나무는 지금 피부 걱정할 때가 아니어서(신기하게 간암 이후 별의별 음식을 먹여도 피부에 아무 문제가 없다. 십여 년을 피부병 때문에 고생했는데), 나무 사정을 얘기하고, 액티베이트만 택배로 샀다.

사고 나서 이분이 판매한 상품을 보니, 최근에 내가 판 나무 개모차와 똑같은 것이 있었다. 승차감이 좋지 않아서 당근마켓에 팔고 얼마 전 개모차를 새로 사주었다. 내가 판 개모차를 보여주었더니, 이분도 신기해하며 강아지가 아파서 샀는데 한 번 타고 무지개다리를 건넜다고 한다. 강아지 영양제 올리는 분들 사연이 비슷하리라 짐작했지만, 직접 들으니 너무 슬펐다. 채팅하다 그분도 울고, 나도 울고. 다음 날 도착한 당근 님의 택배에는 구입하지 않은 코텍스까지 들어 있었다. 그리고 이런 메모가 있었다.

애가 아프더라도 귀찮아하지 말고 잘 보살펴주세요.
보내고 나니 못해준 것만 생각나더라고요.

아, 또 울었다.

우리 동네 미각대장

나무는 실명한 뒤에도 사료 소리만 나면 귀신같이 쫓아와서 순식간에 흡입했다. 그러나, 간암 발견 이후로 사료를 잘 먹지 않게 됐다. 아마도 CT 찍고 왔을 때부터 수의사 신생님이 이제 뭐든 많이 머이라고 해서, 한우를 비롯하여 평소 피부병 때문에 못 먹던 것을 먹인 탓에 입맛이 고급화되어 맛없는 사료 따위 먹지 않게 된 것 같다.

괜찮다. 죽기 전에 호사를 누려야지. 평생 먹은 사료 따위 안 먹어도 돼,라고 생각했지만, 그래도 매끼 사람 음식을 먹이는 건 불안했다. 습식 사료는 치석이 걱정이다. 그러잖아도 간 수치 높아서 스케일링도 못했는데(지나놓고 생각해보니 쓸데없는 걱정이었다. 언제 떠날지 모르는 간암 환자에게 치석이 무슨 문제인가).

검색에 검색을 거듭하여 구입한 수제 사료는 입에 맞는지 잘 먹었다. 거기에 액티베이트나 코텍스 같은 알약을 섞어주면 얼떨결에 후루룩 삼키더니 이제 약은 골라내고 먹는다. 요전에 끓인 황태죽에서는 버섯을 골라냈다. 우리 동네 미각 대장.

약 먹을 때도 짜먹는 오메가3인 '마이뷰'에 타서 주면 0.1초 만에 다 먹더니, 이제 마이뷰 받고, 추르 추가해야만 먹는다. 추르가 떨어져서 넣지 않은 날은 "흥!" 하듯이 고개를 휙 돌리는데, 마치 평범한 이웃이 벼락부자나 톱스타가 되어 사람이 돌변한 듯한 그런 모습이다.

그래, 나무야. 얼마 남지 않은 삶, 앞으로도 그렇게 먹고 싶은 것만 먹고 하고 싶은 것만 하면서 살아. 나도 죽기 전에 한 번은 그래보고 싶구나.

체중

나무 체중 5.46킬로그램.

일생 살과의 전쟁이다.

얼마 전까지의 일생은 빼느라 선쟁.

지금은 찌우느라 전쟁.

중간이 없는 나무.

또 할아버지

초저녁에 동물병원에 갔더니 앞에 밀린 환자 분들이 열한 마리였다. 수의사 선생님 평소 진료 시간으로 보아 족히 두세 시간 예상. 약만 처방받아서 갈지 기다릴지 갈등하다 기다렸더니, 진료 마친 시간은 밤 10시. 워낙 환자가 많은 데다 친절하고 꼼꼼하게 진료를 해주는 병원이어서 이런 시간이 되는 것은 흔한 일이다. 나무는 오늘따라 정말 힘들었는지 자기 차례가 되기 전에 나한테 안겨서 잠이 들었다. 14년 동안 동물병원에 다니면서 처음 있는 일이다. 많이 지친 모양이다. 딱하다. 우리 암 환자. 암 환자는 먼저 진료해주는 시스템을 건의해볼걸.

진료를 마치고 병원을 나와서 잠시 내려주었더니 지나가는 개가 나무한테 자꾸 엉겼다. 그러자 저쪽 보호자가 "할아버지 운동하시잖아. 그러면 안 돼"라고 한다. 싸우고 싶은 날이다.

나무의 성격

엑스레이 속의 나무 종양이 또 많이 커졌다. 굳이 엑스레이를 찍어보지 않아도 육안으로도 충분히 불룩하다. 언제 떠나도 이상하지 않을 상태인데 잘 먹고 산책도 잘하고 몸무게도 늘어서 수의시 선생님들끼리 나무 자료를 공유하며 신기해하신다고.

"다 선생님 덕분이죠."

그랬더니, 진지하게 부정하셨다.

"나무 성격이 무던한 게 가장 큰 이유죠."

아, 나무 성격. 그럴지도 모르겠다. 무심하고 무던하고 무뚝뚝한 나무는 정말로 나무Tree 같다. 유튜브에서는 보호자가 울면 눈물 핥아주는 개도 있고 걱정스레 안기는 개도 있다고 했지만, 나무는 정하나 내가 울어도 개무시한다. 보호자가 죽은 척하면 미친 듯이 짖거나 도움을 요청하러 가는 똑똑한 견들도 있다고 하던데 나무는 죽은 척하든 엎어져 자든 사람 인생 노 관심이다.

오늘 몸무게 5.62킬로그램. 간암인 걸 알게 된 지 4개월째인데 몸무게가 400그램 늘었다. 여전히 잘 먹는다. 선생님한테 나무가 소머즈 귀라고 했더니 개모차에 탄 나무한테 선생님이 "나무야" 하고 손가락으로 탁탁 소리를 내며 불렀다. 나무는 딴 데 보며 모른 척했다. 선생님이 "안 들리는 것 같은데요?" 하고 나무 소머즈 설을 믿지 않으셨다. 나무가 원래 사람 말은 씹어요.

오늘도 동물병원에서 세 시간을 기다렸다. 나무도 지쳤는지 집에 가자는 의사 표시를 했다. 이런 적도 처음이다. 나도 힘들긴 했지만, 이렇게 동물병원에서 기다릴 날도 앞으로 많지 않을 거라 생각하니 슬플 따름.

악몽

　자주 악몽을 꾼다. 주로 나무가 나쁘게 되는 꿈이다. 오늘도 낮잠을 자다 꿈을 꾸었다. 서울타워처럼 높은 탑 꼭대기에 돌출된 사방 1미터쯤 되는 공간에서 나무를 안고 있었다. 다리는 후들후들 떨리고 팔은 힘이 빠져서 금방이라도 나무를 놓칠 것 같았다. "정하야, 정하야, 나무 좀 안아" 하고 외쳤지만, 그 높은 곳에 누가 있을 리 없다. "우리 나무 어떡해, 저 밑으로 떨어지면 죽는데, 팔에 힘이 없어" 하고 공포에 떨다 잠이 깼다. 얼른 나무를 찾아보니 나무는 내 머리맡에서 자고 있었다.

　"하아, 나무야. 이렇게 너랑 헤어질 시뮬레이션을 하는구나."

　나무를 잃는다는 것은 상상을 초월하는 공포였다. 꿈에서 애타게 불렀던 정하는 한강에서 친구들과 생일파티 하는 사진을 카톡으로 보내놓았다. 모두 무사해서 다행이다. 아직도 다리가 후들거린다. 이렇게 다리가 저리다 못해 녹아내리는 것 같은 무서운 꿈은 난생 처음이다.

나무가 좋아하는 음식을 대량 주문하다

오늘은 동물병원에서 피 검사를 했다. 수치가 의미 없긴 하지만, 나무가 의외로 잘 지내니 또 욕심이 난다. 정확한 상태를 알고 잘 관리하면 더 오래 살지 않을까. 수의사 선생님이 "의미는 없지만, 제가 궁금해서요" 하면서 피검사를 했다(이젠 검사비도 받지 않으신다).

결과는 간 수치가 잡히지 않는 것 말고는 별다른 문제가 없었다. 확실히 나무는 간만 아니면 건강 체질이다. 암 환자한테 건강 체질이란 말이 모순이긴 하지만. 몸무게는 5.62킬로그램. 2주 전 병원에 갔을 때와 같았다. 별 이상이 없어서 감사한 마음으로 돌아왔다.

오자마자 폭풍 식사하는 나무. 올해는 가뿐히 넘기겠다는 확신이 들었다. 그래서 나무가 좋아하는 습식 사료 시저도 두 박스 주문하고 추르도 한 박스, 새로 발견한 습식 사료인 햇밥도 한 박스 샀다. 햇밥은 편의점에서 한 개 사 먹였더니 너무 잘 먹어서 한 박스를 주문했다. 너무 많이 샀나 싶지만, 올해 안에는 다 먹겠지.

마지막 생일

나무의 열네 번째 생일날이다. 어쩌면 이번 생 마지막 생일이 될지도 모른다. 체중도 줄지 않고 밥도 잘 먹고 일주일 전의 검사 결과도 양호하니 올해는 가뿐히 넘길 것 같지만, 내년 생일까지는 좀 무리일 것 같다. 종양이 풍선 폭탄처럼 커져가고 있어서. 해마다 나무 생일이면 정작 주인공은 생일인지 뭔지도 모르는데 정하와 나만 며칠 전부터 기쁘고 설레서 난리였다. 하지만, 이번 생일에는 기쁘지도 설레지도 않았다. 마지막 생일일지도 모른다는 마음에 왠지 모르게 뒤숭숭했다.

소고기미역국을 끓여주었다. 아침과 저녁에 두 번 주었다. 줄 때마다 빛의 속도로 다 먹고 그릇이 빛나도록 싹싹 핥았다. 다진 쇠고기를 볶아주었더니 그것도 5초 만에 순삭. 정하는 대형마트에서 애견용 생일 케이크를 사왔다. 반달 모양의 단호박을 가장자리로 돌아가며 토핑한 것이었다. 애초에 우리가 찾은 것은 사람 케이크처럼 생긴 작고 예쁜 애견용 케이크였지만, 마트에는 그런 게 없었다.

그리고 수박 그림이 있는 면 티셔츠도 사왔다. 나무가 죽어도 입기 싫어해서 입히진 않았다. 생일 사진도 찍었다. 내가 나무를 안고 있고 정하가 맞은편에서 찍었다. 예쁘게 차린다고 차린 식탁은 생일상이라기보다 제사상 같은 느낌이 들었다. 우리는 마지막 생일이라고 생각해서 종일 잘 먹고 잘 놀던 나무도 생일을 마치고 나니 왠지 힘이 없어보인다.

나무야, 생일 축하해. 태어나주어서 고마워. 네가 태어나준 덕분에 언니와 엄마는 행복하게 보낼 수 있었어.

떠나는 날까지 아프지 말고 잘 살자.

나무 안녕

아침 5시쯤 나무가 움직이는 기척이 나서 잠을 깼다. 내 머리맡에서 불편한 듯이 서성거리고 있다. 어제 생일이라고 너무 많이 먹어서 배가 아픈가 하고 한 시간쯤 "엄마 손은 약손" 하며 배를 쓰다듬어주었다. 나무는 내 피부 같은 아이라 매일 붙어 지냈고, 늘 쓰다듬어주었고, 안아주었지만, 한 시간씩 쓰다듬어 준건 처음이었다. 나무는 좀 안정이 됐는지 부스스 일어나더니 안방에 있는 배변판에 가서 쉬를 했다.

이건 정말 대단한 일이었다. 실명 생활에 익숙해진 뒤로는 배변 실수를 하는 일이 없었는데, 근래 들어서 자주 아무데나 쉬를 했다. 산책 갈 때는 개모차에서 쉬를 했다. 그런 나무가 컨디션도 좋지 않은 듯한데, 안방 배변판까지 가서 쉬를 하고 온 것이다. 그런 나무가 기특해서 이 모습도 동영상으로 찍었다. 그런데 이것이 마지막 동영상이 될 줄이야.

약 먹을 시간이어서 좋아하는 습식 간식에 섞어서 약을 주었더니, 고개를 획 돌렸다. 충격이었다. 전날만 해도 소고기미역국을 환장하고 먹었는데. 그 약은 버리고 이번에는 딸기잼에 섞어주었지만, 먹지 않았다. 딸기잼만 주어도 먹지 않고, 좋아하는 채소를 주어도 먹지 않고, 심지어 물조차 먹지 않았다. 아, 간암 말기 들어서면 곡기를 끊는다더니 드디어 그때가 온 건가, 하는 생각에 간이 철렁했다. 나무는 모든 음식을 거부하고 힘없이 자리에 가서 누웠다.

우리 동물병원 문 여는 시간을 기다렸다가 바로 데리고 갔더니, 주치의 선생님은 오후 출근이어서 안 계시고, 다른 선생님이 큰 병원에 가보라고 했다. 정하와 택시를 타고 두 군데의 종합병원에 더 가본 뒤에 우리는 결심했다. 나무를 더 붙들지 않기로. 예전부터 마음먹었던 대로 병원 케이지에 넣지 않고, 집에서, 우리 품에서 보내기로 했다. 입원을 권하던 병원 측에 그냥 집에 데리고 가겠다고 했다.

그러자 "오늘은 넘기기 힘들 것 같다"고 했다. 그런 애를 왜 입원시키라고 한 건가요.

집에 오는 길에 우리 동물병원에 들렀다. 아침에 집에서 나왔는데 어느새 점심때가 훌쩍 지났다. 출근하신 주치의 선생님이 엑스레이와 진료를 해보시고 "갑자기 왜 이렇게 안 좋아졌지" 하며 저녁에 다시 오라고 했다. "이따가라도 상태가 안 좋으면 데리고 오세요"라는 말도 덧붙이셨다.

7월 중순의 더운 날씨, 집까지는 1킬로미터 남짓한 거리. 택시를 타고 갈까 갈등하다, 그냥 나무를 안고 걷기로 했다. 마지막 산책이 될지도 모른다. 나무는 땅에 내려놓자 간신히 서서 묽은 변을 보았다. 평소보다 나무가 무겁다. 얼마 전 꿈에서 팔이 너무 아파서 나무를 떨어뜨릴 것 같았던 그때와 같은 느낌이었다. 정하와 번갈아가며 안고 왔다.

그렇게 집에 와서 줄곧 나무를 안고 있었다. 눕는 게 편하지 않을까 하고 눕히려고 했더니, 힘도 없는 와중에 내 팔을 잡고 안아달라고 했다. 쓰다듬어 줄 때 이외에는 자기 몸에 손대는 것 싫어하는 개다. 집에서 안는 것은 특히 질색하는 개다. 자진해서 내 팔을 두 발로 꼭 잡고 안길 때는 목욕할 때와 동물병원에서 자기 차례가 되어갈 때. 즉, 너무 무서울 때뿐이다. 이렇게 거실에서 안아달라고 내 팔을 잡은 건 처음이었다. 한참을 품에 안고 있다 보니 이제 느껴졌다. 마지막 인사를 해야 할 순간이 됐다는 것이……. 종일 참고 있던 울음이 그제야 터졌다. 오열을 하며 나무에게 말했다.

"나무야, 잘 가. 고마워. 덕분에 행복했어. 다음에 우리 또 만나자."

잠시 말을 끊고 다급히 생각했다. 어디서 만나자고 하지? 무슨 증표를 들고 있기로 하지? 약속 장소를 정해야 할 텐데 시간이 없다. 미리 약속해둘걸. 어디서 어떻게 있으면 그게 너란 걸, 나란 걸, 알 수 있도록 하자고. 무엇으로 환생할지 모르니까. 그러나 시간이 없어서 계속 생각하고 있을 수가 없었다. 아, 좀 더 여유롭게 마지막 인사를 했더라면 좋았을걸. 너무나 갑작스러운 이별이다. 아니, 미리 인사하면 말이 씨가 돼서 정말 헤어지게 될까봐 방정맞은 소리 할 수가 없었다. 어떡하든 살아 있는 동안 인사를 해야 할 텐데, 나무 숨이 간당거린다. 다급하게 말했다.

"나무야, 하여튼 우리 또 만나자. 꼭."

아, 덧붙이는 말이 있었다.

"나무야, 이모 오고 있으니까 조금만 참았다가 이모 보고 가."

우리 집에 처음 왔을 때부터 나무는 언니를 제일 좋아했다. 그래서 언니를 부른 것이다. 나무는 정말로 언니가 와서 오는 걸 보고 눈을 감았다. 우리 나무, 마지막 순간까지 완벽하게 착했다.

나무는 그렇게 죽기 전의 경련도 비명도 신음도 없이 잠들듯이 조용히 떠났다. 나무를 키우면서 그토록 두려워한 순간은 그렇게 평온하게 찾아왔다. 슬픔보다 안도감이 컸던 것은 새하얀 눈의 나무에게 앞으로 남아 있는 것은 간암 통증뿐이었기 때문이다. 우리의 간절한 바람대로 나무는 많이 아프지 않고 떠났다. 종양이 커지며 배가 부풀어갔지만, 구토, 설사, 식욕 부진 없이 가기 전날까지 잘 먹고 잘 지냈다.

떠나는 날, 병원을 돌면서 선택의 연속이긴 했지만, 어떤 선택을 하건 나무는 떠날 수밖에 없는 운명이었다. 하지만 마지막 하루를 뺀 14년 동안, 나무는 우리에게 선택의 고통을 주지 않았다. 이를테면 눈. 이를테면 간. 아예 처음부터 수술 불가였다. 수의사 선생님이 "수술을 할지 어쩔지 선택하세요." 이랬더라면, 우리는 어느 쪽인가 선택했을 테고, 그 선택이 옳지 않은 결과를 낳았을 경우, 평생 죄책감을 느꼈을 것이다. 그러나 눈. "망막변성인데요. 이건 고치지 못해요." 그리고 간. "종양이 간 한복판에 있어서 수술하면 위험해요." 우리 나무 참, 중간이 없는 개님이었다. 엄마가 가난해서 수술비 못 쓰게 하려는 서였니.

출중한 미모와 달리 무뚝뚝했던 개. 그러나 너무나 착하고 사랑스러웠던 개. 14년을 한결 같이 아침마다 발로 사람을 깨우던 개.

나무라는 이름처럼 무던하고 듬직하게 살다가 생일 다음 날, 건강할 때와 다름없는 몸으로 무지개다리를 건넜다. 꽉 채운 14년, 알차게 살다 갔다.

나무 안녕.

나무의 장례식

―――――

2020년 7월 18일 오후 4시 54분, 나무가 숨을 거두었다. 우리는 나무를 안고 동물병원에 가서 수의사 선생님에게 그동안 감사했다고 인사를 했다. 그리고 언니 차를 타고 조카가 전화해둔 펫 장례식장으로 향했다. 나무에게 입혀 보낼 옷과 함께 태울 옷 몇 벌과 좋아하는 장난감과 간식들을 챙겨서.

품속에 있는 나무는 아직 따뜻했다. 흰 바둑알처럼 새하얀 눈을 동그랗게 뜨고 입을 헤 벌린 나무의 모습은 좀 코믹했다. 선생님이 개는 눈을 뜨고 죽는 경우가 많으니 억지로 감기려고 하지 말라고 했다. 얼굴에 손만 가까이 가도 질색해서 그동안 보지 못했던 입 속을 보았다. 이빨 몇 개가 빠져 있다. 두어 주일 전에 동물병원에서 봤을 때만 해도 빠진 이빨은 없었는데 최근에 빠진 모양이다. 장례식장에 가는 나무의 얼굴과 머리와 앞발과 뒷발과 발바닥과 배와 등과 꼬리를 닳도록 만지고 또 만졌다.

어쩌면 죽어서도 귀엽니.

어제는 생일상을 차리고, 오늘은 장례식을 하다니. 우리의 첫 강아지, 드라마틱하게 떠나네. 나무가 간암이란 걸 알고 나서 동물병원에 갔을 때 선생님한테 그런 말을 했다. "나무가 생일 때까지만 살아 있어도 소원이 없겠어요." 우리 나무, 그 말을 기억했다가 엄마 소원 들어준 걸까.

나무 장례식을 하러 가는 길인데 생각보다 침착했다. 나무가 아프지 않고 떠났다는 안도감은 모든 감정을 압살했다. 지금도 생각한다. 나무가 아픈 상태로 1년 더 살기와 아프지 않고 지금 떠나기 중 선택하라고 한다면 지금 떠나기를 선택할 거라고.

'펫포레스트'라는 애견 장례식장은 언니네 푸들 공주가 떠날 때 와본 곳이었다. 예약해준 조카네 슈나우저 구우도 이곳에서 보냈다. 건물도 깨끗하고 시설도 좋고 장례지도사 분들은 경건하게 예를 다해주어서 나무도 언젠가 떠나면 이곳에서 보내야지, 생각했는데……. 반년 만에 오게 될 줄이야.

펫 장례식도 사람 장례식처럼 이런저런 옵션이 많다. 수의 유무, 관 종류, 유골함 종류. 아이를 보내면서 고르고 흥정하기 싫어서 모두 기본으로 하여 계약서를 작성했다. 33만 원이었다. 수의는 입히지 않고, 기본 유골함에 관은 종이상자. 이런 것이 기본 계약 조건이다.

계약서에 사인을 마치고 돌아서는데, 진열된 관 중에 예쁜 요람이 눈에 들어왔다. 타원형 나무 바구니에 목화솜 이불과 요가 깔려 있다. 하얀색 바탕에 자잘한 꽃무늬가 있는 예쁜 이불이 너무 귀여워서 물어보니 20만 원이라고 했다. 나무, 여기에 보낼까? 하고 정하와 언니와 조카에게 의견을 물었더니, 모두 찬성했다.

수의는 전날 정하가 생일 선물로 산 면 티셔츠를 입혔다. 티셔츠를 입고 포근한 이불을 덮고 요람에 누운 나무는 길고 긴 산책을 마치고 한잠 푹 든 아이 같았다. 너무나 평온해 보였다. 요람과 티셔츠는 참으로 탁월한 선택이었다.

정하와 나는 나무가 이렇게 예쁜 모습으로 가는 게 좋아서 계속 나무를 만지고 토닥거리며 재잘거렸다. 추모 시간은 한정돼 있어서 몇 분 뒤면 이 모습과도 이별이다. 마지막 순간, 좀 더 많이 눈에 담아야지, 하고 있을 때, 직원이 와서 너무 미안하다는 듯이 말했다.

"죄송합니다만, 화장이 밀려서 한 시간쯤 더 기다려야겠습니다."

그 말이 너무 기뻤다. 나무와 한 시간을 더 같이 있을 수 있다. 죄송하긴요, 더 밀려도 괜찮아요. 앞에 가는 아이들 더 천천히, 최대한 천천히 세포 하나하나 정성껏 보내주세요. 경험이 없다 보니 나무가 숨을 거둔 뒤 안고 울고 할 여유도 없이 동물병원에 들렀다가 장례식장으로 향했다. 죽으면 바로 부패가 시작되는 줄 알았던 무지 탓이다. 나중에 알았지만, 하루이틀 정도 데리고 자도 되는 것을. 그저 세

식구 오붓하게 같이 있는 한 시간이 마냥 감사할 따름이었다.

화장을 마치고 나무 유골을 확인해야 할 때는 정하도 나도 유골이 된 나무를 보면 무너질 것 같아서 좀 두려웠다. 하지만 용기를 내서 본 나무의 하얗고 앙증맞은 유골은 세상에 너무 귀여웠다. 다른 보호 자들은 그 모습에 오열했다던데, 우리 모녀는 "어머, 너무 귀여워. 우리 나무 뼈도 귀엽네. 아우, 귀여워." 이러고 있었다. 14년 동안 매일 하루에 수십 번도 더 한 말을 죽는 날까지도 그렇게 진심을 담아서 했다.

무사히 화장을 마친 뒤, 따뜻한 유골함을 안고 밤늦게 집으로 돌아왔다. 현관문을 열고 들어와도 나무가 없다. 나무가 떠났다. 우리는 나무 유골함을 키 작은 책꽂이 위에 조심스레 올려놓았다.

그리고 눈물의 쓰나미가 밀려오기 전에 집 청소를 했다.

정하의 편지

나무야! 지금쯤 잘 도착했니?

언니랑 엄마랑 살면서 즐겁고 행복한 기억들 잔뜩 싸갔으면 좋겠다. 우리 나무 혼자 두지 않으려고 24시간 내내 집에서 널 신경 썼던 엄마와 어떤 일이 있어도 나무만은 열심히 사랑했던 언니가 있었다는 사실만 기억해줘.

우리 보고 싶다고 울지는 마! 나무는 씩씩한 강아지니까 거기서 맛있는 것 먹으면 금방 적응하고 잘 지낼 거야, 그치?

친엄마 진이도 만나고 나름 친척이었던 공주랑 뽀돌이랑 구우도 보고 새로운 친구들도 사귀고. 그리고 언니 꿈에 맨날 찾아와줘. 꿈에서도 예뻐해 줄게. 우리 집에도 맨날 와서 물 먹고 밥 먹고 추르 먹고 가. 역시 집밥이 최고일 거야.

나무야, 언니가 올해 제일 잘한 일이 취업하지 않은 거야(못한 거지만). 덕분에 너랑 산책도 매일 나가고, 코로나19 때문에 집에 붙어 있으면서 너랑 정말 많은 시간을 보냈잖아. 지금까지 맨날 학교 간다, 학원 간다, 늦게만 들어왔는데. 1년 동안 우리 나무랑 더 친해지고 시간 많이 보내서 너무 행복했어. 이게 다 운명인가봐. 언니가 돈 벌어서 맛있는 것 좋은 것 많이 사주고 싶었는데. 그건 좀 아쉽지만…….

나무가 하늘에서 언니 지켜주고 좋은 일 생기게 해주려고 간 거지? 나무 간암 더 심해지면 아파하는 모습 보고 엄마랑 언니랑 슬퍼할까봐 일찍 간 거지? 맞아, 너 아픈 거 어떻게 보고 견디나 싶었는데…….

엄마 소원대로 편안히 엄마 품에서 가서 너무 다행이야(마지막 오줌은 언니 품에서 쌌어!). 장례식장에서 우리 나무가 행복하게 가는 걸 봐서 후회나 미련보단 다행스러움과 감사함이 더 커.

끝까지 착하게 가줘서 너무 고마워.

천사가 된 강아지야. 언니 종교도 없는데 이제 맨날 나무한테 빌어야겠다! 언니가 시도 때도 없이 불러서 피곤하겠지만 하던 대로 적당히 씹어. 나무야, 우리 가속이 돼줘서 너무너무 고마워. 네게도 우리가 좋은 가족으로 기억됐으면 좋겠다. 늘 무덤덤해서 표현은 별로 안 했지만, 너도 사실은 언니랑 엄마 엄청 사랑했지?

평생 내 동생, 우리 가족, 우리 강아지 나무야. 다시 만날 때까지 너를 기억하고 생각할게. 백만 번 말해도 부족하지만, 정말 고마웠어.

나무야, 네 덕분에 언니랑 엄마가 정말 많이 행복했단다. 아무리 힘든 일이 있어도 우리 나무 보면 살아갈 힘이 나고, 웃음이 나고, 네가 가만히 자고만 있어도 너무 사랑스러워서 마음이 평온해졌어. 엄마랑 언니랑 싸워서 분위기 안 좋을 때도 너 얘기하면서 풀고 그랬잖아. 네가 세상에 태어나서 얼마나 많은 일을 해줬는지. 얼마나 더 감사해야 할지. 우리 마음 다 느껴질 거라 믿어.

나무야, 세상 누구보다 널 사랑해.

2020년 네가 떠난 다음 날
너의 언니, 정하가

5

어느 날 마음속에
나무를 심었다

야옹이

2년 전부터 1층 주차장에서 만날 때마다 캔을 주는 길고양이가 있었다. 한동안 보이지 않다가, 나무가 실명한 뒤로 매일 산책을 하다 보니 올해 들어 자주 마주쳤다. 우리는 그 길고양이를 야옹이라고 불렀다.

이제 노묘가 된 야옹이는 돌아다니는 게 귀찮아졌는지, 주차장 구석의 화단에 터를 잡고 지냈다. 야옹이의 주거지가 확실해진 뒤로 나무와 산책 나갈 때마다 물과 사료를 갖다주었다.

그러던 어느 날, 사람이 나타나면 도망가던 야옹이가 드디어 나와 눈을 마주치고 대화를 했다! 감격! 고양이 얼굴을 외운 것도 이 아이가 처음이고, 고양이와 말을 나눈 것도 처음이고, 나를 알아봐주는 고양이도 처음이었다.

그러나 그 감격은 오래가지 않았다. 주차장을 넓힌다고 화단을 철거해버린 것이다. 그 후로 야옹이는 어디로 갔는지 통 보이지 않았다. 정들자 이별이라니. 나무야, 불쌍한 야옹이 어디로 갔을까, 하고 나갈 때마다 야옹이를 찾았지만 시력 좋은 내 눈에도 보이지 않는 야옹이가 나무 눈에 보일 리 없었다.

공교롭게 야옹이를 다시 만난 것은 나무가 떠난 날이었다. 나무를 보내고 밤늦게 돌아온 정하와 나는 자리에 앉기도 전에 집부터 치웠다. 가구와 벽의 모서리란 모서리마다 붙인 보호대를 떼고, 벽마다 붙인 폼블럭을 떼고, 의자 다리에 감아놓은 뽁뽁이를 떼고, 최근에 또 한 장 깔아서 석 장이 된 요가 매트를 걷었다.

이제 개집에 얹혀사는 생활 청산이다. 둘이서 낑낑거리며 그것들을 버리고 오는 그때! 몇 달째 보이지 않아서 걱정했던 야옹이를 발견했다. 주차장 차 밑에 있었다. 정하는 얼른 캔을 가지러 올라가고, 나는 야옹이와 대화를 나누었다.

"야옹아, 어디 갔었어? 화단이 없어져서 불편하지?" 그랬더니 "야옹야옹" 하고 대답하듯이 가느다란 소리로 앵앵거린다.

"오늘……."

나무가 무지개다리를 건넜다고 말하려다가 나무가 뭔지 알려나 싶어서 관뒀다. 야옹이 밥을 줄 때면 늘 나무도 함께였는데.

그때 야옹이가 "야옹야옹"이라고 했다. 혹시 같이 있던 늙은 개는 어디 갔냐고 묻는 걸까. 설마 그런 엄청난 지능의 천재 길냥이는 아니겠지.

너무 반가워서 내가 아무 말을 던지면, 야옹이도 야옹야옹 아무 야옹이나 던졌다. 정하가 반려동물용 습식 캔을 갖고 와서 주었더니 허겁지겁 먹었다. 나무가 잘 먹어서 박스로 샀는데 겨우 2개 먹고 가버렸다. 우리는 매너 있는 인간이어서 편히 먹으라고 뒤도 안 보고 자리를 떴다. 야옹아, 남은 것 너 다 줄게, 자주 오렴.

나무가 떠난 뒤

정하가 스타벅스에 가자고 했다.

"나는 공부하고, 엄마는 일하고."

아아, 이런 날이 오는구나. 14년 동안 마음 편히 외출한 적이 없다. 둘이 꼭 나가야만 할 때는 즐길 여유도 없이 부랴부랴 볼일만 보고 다녀왔다. 나가서도 계속 나무 얘기, 나무 걱정. 여행을 갈 때는 가족 중 누군가를 집에 와 있게 하거나 언니 집에 맡겼다. 나무를 혼자 두는 것은 우리 집에서 대역죄였다. 나무가 떠나고 처음 나오는 집 밖. 14년을 내 몸에 붙어 있던 나무가 없다. 나무 없이 걷는 길이 어색하고 낯설다. 눈에도 마음에도 자꾸 눈물이 찬다. 모든 것이 똑같은데 나무만 도려낸 풍경, 나무만 없는 세상. 새로 이사 온 동네처럼 낯설고 어색하다.

스타벅스는 나무가 다닌 동물병원 가까이에 있다. 나무와 동물병원 다니던 그 길을 정하와 둘이 걸어가며 내내 나무 이야기를 했다.

우리 나무 너무 예뻤지, 우리 나무 너무 착했지, 우리 나무 너무 무뚝뚝했지, 우리 나무 다중이였지, 우리 나무 많이 아프기 전에 잘 떠났지, 나무는 정말 복도 많은 강아지였지. 마치 나무 이름을 한 번씩 말할 때마다 행복 열매가 열리는 나무라도 심은 것처럼 계속 나무, 나무, 나무, 나무, 나무.

나무가 떠난 뒤, 이렇게 행복하게 나무 이름을 말하게 될 줄 몰랐다. 슬픔보다 아픔보다 상실감보다 행복했던 기억을 먼저 떠올릴 줄 몰랐다. 이 모든 게 착한 나무가 주고 간 선물이다. 정하와 스타벅스에서 각자의 일을 하며 보내는 시간은 또 다른 행복이었다.

정하야, 앞으로도 마음속에 있는 나무와 행복하게 잘 살자.

마냥 슬프진 않다

우리 모녀가 얼마나 나무를 사랑했는지 아는 사람들은 나무가 떠난 뒤 정하와 내가 어떻게 되지나 않을지 걱정했다. 어떻게 되지 않더라도 최소 슬픔에 절은 장아찌가 되어 일상생활을 못 하고 있지 않을까 걱정했다. 정하는 예전부터 나무가 죽으면 자기도 죽을 거라고 공공연하게 친구들에게 떠들고 다녀서 더 걱정을 샀다.

그러나 우리는 괜찮았다. 나무가 떠난 다음 날은 일어나자마자 울었지만, 나무 이야기하며 아침을 먹고 각자 자기 할 일을 했다. 그러다 밤에는 휴대전화에 있는 나무 사진들 보며 새벽까지 나무 이야기를 했다. 웃으며 보다가 눈물 한바탕 쏟고, 닦고 나서 또 보며 나무 이야기. 실명도 간암도 사람의 힘으로 어쩔 수 없는 것이었다. 대신 실명 덕분에 24시간 나무를 보았고, 간암 덕분에 세 식구가 한 몸처럼 붙어서 알차게 시간을 보냈다. 갑작스럽게 떠나긴 했지만, 사람의 힘으로 어찌할 수 있는 게 아니었다.

나무는 나무 명命대로 살다 갔고, 우리는 최선을 다해서 곁을 지켜주었으니까 그걸로 됐다. 주변인의 걱정과 달리 평온한 하루하루를 보내고 있다. 이러다 어느 순간 눈물의 쓰나미가 밀려올지도 모르겠지만, 나무를 위해서라면 언제든지 울 각오는 되어 있다.

노인과 개

엄마한테는 나무가 떠난 얘기를 하지 않았다. 말하다가 울 것 같았다. 누구한테고 나무가 죽었다는 것을 말로는 전한 적이 없다. 말하려고 생각만 해도 눈물이 났다. 나무가 떠나고 며칠 지났을 때, 엄마가 병원 셔틀을 부탁했다. 아무렇지 않은 척하고 병원 셔틀을 마친 뒤 돌아오며 엄마네 집 현관문을 닫기 직전에 짧게 말했다.

"며칠 전에 나무가 죽었어."

눈물이 날 것 같아서 시선을 돌린 채 말했더니, 귀가 먼 엄마가 못 알아들었다.

"나무가 어쨌다고?"

"죽·었·다·고!"

그랬더니 5초쯤 정지 동작이던 엄마가 이렇게 말했다.

"이자뿌라."

"아이구, 세상에" 하고 조금이라도 슬퍼해주기를 바랐는데, 너무

194

무심한 말에 좀 화가 났다. 그러나 엄마는 나무의 죽음보다 내가 얼마나 괴로워할지가 더 걱정됐을 것이다. 목숨보다 소중한 아들을 잃은 경험이 있는 엄마에게는 어쩌면 잊어버리라는 말이 최선의 위로였는지도 모르겠다.

당근마켓 3

당근마켓에 나무 개모차를 판매한다고 올렸다. 처음에 산 개모차를 판 지 4개월 만에 또 당근마켓행이라니. 가끔 폐지 줍는 할머니가 상아지 데리고 다니는 걸 볼 때면 안쓰러워서, 혹시 길 가다 만나면 드리고 싶었는데 좀처럼 보이지 않았다. 부피가 커서 빨리 정리하고 싶은 마음에 당근마켓에 올렸더니 사겠다는 사람이 바로 네 명이나 등장했다. 이럴 때마다 드는 생각. '더 비싸게 올릴 걸 그랬나?'

제일 먼저 연락한 사람에게 팔기로 하고, 정하가 요가 학원 가는 길에 전달하기로 했다. 정하는 너무 슬프다고 미리 훌쩍거렸다. 이해한다. 나무가 타지 않은 개모차를 끌고 가는 마음이 어떨지. 그런 일을 너한테 시켜서 미안해. 엄마는 길에서 미친 사람처럼 꺼억꺼억 울지도 몰라서.

정하는 눈물이 쏟아지는 걸 꾹꾹 참으며 개모차를 끌고 갔는데 당근 님이 "이렇게 좋은 걸 왜 파세요?" 하고 물어서 바로 눈물이 터졌다고 한다. 당황한 당근 님이 미안하다고 연신 사과하며 가고, 정하는 요가 학원에 가서까지 엉엉 울었다고 한다. 참, 당근 님 눈치도 없으시지. 그런 걸 팔 때는 뻔하지 않나요.

간 영양제인 새밀린도 팔았다. 당근마켓에서 5개월 치를 살 때 이걸 다 먹을 때까지 나무가 살까, 생각하며 울었는데. 아무리 그래도 한 달 반 뒤에 떠날 줄은 몰랐다. 떠난 뒤에야 하는 생각이지만, 간암 걸린 뒤에 새밀린 복용이 무슨 의미가 있었을까 싶다. 나무를 살려줄 유일한 동아줄인 양 열심히 먹였지만, 간 수치는 높아지기만 했다. 고가의 새밀린을 계속 먹여야 하는 보호자의 부담을 알기에 당근마켓에 싸게 올렸다. 집 앞으로 사러 온 보호자에게 언젠가 어떤 당근 님이 내게 그랬듯이, 나도 남은 영양제를 다 챙겨서 주었다.

당근 님, 우리 나무가 주는 선물이에요.

떠난 뒤에도 여전히 반가움

　예전에 수의사 선생님과 나눈 대화. "아루 보호자님이 얼마 전에 아루 3주기여서 다녀가셨어요." 아루는 나무보다 몇 살 많은 시추로 징하 친구네 강아지였다. 정하에게 이 동물병원을 알려준 그 초등학교 시절 친구다.

　"정말요? 대단하시다. 슬퍼서 어떻게 오시지."

　"안 그래도 울다 가셨어요."

　"전 나무 죽으면 절대 안 올 거예요. 병원 쪽 쳐다보지도 않을 거예요."

　그랬다. 나무가 가고 나면 절대 그쪽 길로 얼씬거리지 않을 거라고 생각했다. 동물병원 간판만 보여도 길에서 펑펑 울 것 같았다. 그러나, 절대는 무슨요. 나무가 가고 난 뒤 한동안 나무가 보고 싶을 때마다 동물병원에 갔다. 길 건너 버스 정류장 의자에 앉아 동물병원에 가는 아이들 보며 나무 생각하다 돌아왔다. 동물병원 앞으로 지나가는 버스를 탈 때면 순식간에 스쳐가는 동물병원을 놓치지 않고 보았다.

나무가 살아 있을 때 생각했던 것과 달리 나무가 떠난 뒤에도 나무와 관련된 모든 것을 보는 게 좋았다. 정하는 "나무 죽고 나면 나무 사진도 못 볼 것 같아"라고 했지만, 막상 죽고 나니 매일 카톡으로 10년 전 사진까지 찾아서 보내며 "아우, 귀여워"를 연발한다.

반려동물과 헤어진 사람을 위로하는 법

좋은 위로. 그런 건 없는 것 같다.

반려동물이 살아서 돌아오지 않는 한 무엇도 위로가 되지 않는다. 나무가 떠난 뒤 사람들의 위로 인사는 거의 비슷했다. 당신 같은 보호자를 만나서 나무는 행복하게 살다 갔을 거예요. 반려동물은 나중에 보호자가 죽으면 무지개다리 입구에서 기다리고 있대요. 나무의 명복을 빕니다. 정하도 똑같은 위로 혹은 애도의 말을 들었다고 했다. 사람들은 그럴 것이다. 그럼 남의 집 개가 죽었는데 뭐라고 해야 돼? 내 말이.

나도 언니들 개가 죽었을 때 저 대사 안에서 위로했다. 언니처럼 그렇게 정성껏 키워준 사람이 어디 있어. 노견이니 아프다 간 건 어쩔 수 없잖아. 고마워하면서 잘 갔을 거야. 미안해하지 마.

그런데 막상 나무를 보내고 나니 그런 말이 하나도 귀에 들어오지 않았다. 내 슬픔이 코끼리라면 이런 위로들은 이쑤시개로 굳은살 투

성인 코끼리 발바닥을 간지럽히는 거나 다름없었다. 그러니까 하나 마나 한 위로는 하지 않는 게 나은가? 아니다, 그건 절대 아니다. 사람들이 경사에는 가지 않아도 조사에는 가야 한다는 말을 괜히 하는 게 아니었다.

위로를 해주는 행위 자체가 큰 위로가 됐다. 정말로 위로해주어야 할 사람이 아무 위로도 하지 않거나, 애가 간 지 한참 지나서 "나무 죽었다며? 몰랐어" 이럴 때, 그 사람에 대한 마음이 싸하게 식었다. 위로에도 골든타임이 있었다.

슬픈 일에 가장 좋은 위로는 '괜찮아, 토닥토닥'이 아니라 같이 슬퍼해주는 말 같다. "나도 이렇게 슬픈데 네 맘은 오죽하겠니." 이런 대사. 먹고 기운 차리라고 보내주는 기프티콘도 따스하게 느껴졌다. 때로 다 표현하지 못한 마음을 물질이 전하기도 한다는 걸 알게 됐다.

그리고 참 좋은 위로 방법이라고 생각했던 것. 유미리 작가가 자식처럼 사랑한 고양이도 열네 살에 무지개다리를 건넜다. 트위터에 지인이 보냈다는 애도의 꽃다발 사진을 올렸는데, 오호라, 이거구나 하는 생각이 들었다. 유미리 작가도 크게 위로가 됐다고 썼지만, 유골함과 나란히 있는 꽃다발 사진은 보는 사람도 마음이 푸근해졌다. 흰색 국화 같은 조화用花도 아니고 알록달록 화려한 꽃도 아니고, 수수한 색깔의 은은하고 작은 꽃송이로 한아름 만든 청초한 꽃다발이었다. 고양이에게 애도도 되고 보호자의 마음도 위로가 되고 일석이조.

역시 반려동물을 잃었을 때도 도움이 되지 않는 위로는 "힘내세요"라는 말이었다. 힘이 안 나요.

나무와 같이 살기로 했다

나무가 떠나면 늘 다니던 중랑천 둑길에 묻을 생각이었다. 불법이긴 하지만, 사람이 가지 않는 곳에 사방 10센티미터만 자리를 빌려서 묻어주고 싶었다. 나무를 어떻게 묻어줄까 고민하던 중 유골함을 집에 두고 있다 보니 마음이 바뀌었다. 나무를 잃은 상실감이나 슬픔이 크지 않은 이유 중 하나가 이것이었다. 형태는 바뀌었지만 눈앞에 나무 유골함이 있다는 게 큰 위안이었다.

정하와 나는 유골함을 집에 두기로 마음먹었다. 엄마 껌딱지였던 나무도 엄마 옆에 지내는 걸 좋아할 것이다. 유품도 사진도 남기지 않고 다 태워서 자유로이 훨훨 하늘나라로 보내는 사람도 있고, 유골로 메모리얼 스톤이나 액세서리를 만들어서 지니는 사람도 있고, 애견 납골당에 안치하는 사람도 있다. 어떤 선택을 하든 보호자가 선택한 방법이 정답이라고 생각한다. 우리의 선택은 나무와 같이 사는 것이었다.

같이 살려면 일단 유골함을 바꾸어야 했다. 유골함에 관해 수없이 검색하다, 반영구 보관된다는 도자기 유골함을 주문했다. 특수한 재질로 만든 천년포에 유골을 담아서 황토 도자기에 담는 것이었다. 제습이 되고 방충이 되고 음이온이 어쩌고 설명이 길었지만, 그냥 오래가고 좋다는 말.

나무가 떠난 지 49일째 되는 날, 장례식장에서 받아온 유골함을 열었다. 49일 만에 다시 만나는 나무. 그야말로 한 줌 재가 된 나무의 모습에 오랜만에 둘 다 울었다. 도저히 옮길 자신이 없어서 동물병원에 갈까도 생각했지만, 강한 엄마와 언니가 되자며 둘이 직접 옮겼다. 눈물 철철 흘리면서. 그러나 유골함으로 옮긴 뒤에는 앞으로 계속 같이 산다고 생각하니 기뻐서 눈물 뚝.

아마도 산책길 어딘가에 묻었더라면 비 오는 날마다, 추운 날마다 청개구리처럼 울었을 것 같다.

책장 한 칸에 나무의 공간을 만들었다. 유골함과 나무 사진과 나무 인형, 나무가 좋아하던 캔과 추르를 갖다 놓았다. 아침에 일어나면 제일 먼저 그리로 가서 "우리 강아지 잘 자떠요?" 하고 살았을 때처럼 혀 짧은 소리로 인사를 한다. 앞으로도 영원히 자고 있을 아이한테 잘 잤냐고 묻는 것도 웃긴다. 그러나 보이지 않지만, 깨어 있을지도 모른다.

아침 인사를 하고 예쁜 잔에 깨끗한 물을 떠 올린다. 이 물잔은 골동품 모으는 게 취미인 일본인 지인이 선물한 180년 된 영국산 셰리주 잔이다. 이 잔을 만든 영국 사람은 이것이 180년 뒤에 일본을 거쳐 한국까지 가서 어느 강아지의 영정 앞 물잔이 될 줄 상상도 못했겠지.

나무 사진이 담긴 디즈니 친구들 가득한 액자는 정하가 6학년 때 혼자 미국의 지인 집에 갔을 때, 디즈니랜드 갔다가 사온 것이다. 먼

길에 힘들게 이 무거운 걸 왜 샀냐고 뭐라 그랬는데, 이걸 또 이렇게 쓰게 될 줄이야. 디즈니 친구들이 나무와 놀아주는 것 같다. 나무 인형은 후배 번역가 이소담 씨가 만들어준 것이다. 정하가 교환학생 갈 때 나무 대신 데리고 갔다 오기도 했다.

하나하나 사연 있고 인연 있는
예쁜 소품들이 나무를 지켜주고 있다.
복도 많은 나무.

고양이 여행 리포트

설령 사토루가 나보다 먼저 죽는다 해도, 그래도 사토루를 만나지 않는 것보다 만나는 편이 행복했다. 사토루와 산 5년의 기억을 간직할 수 있으니.

_《고양이 여행 리포트》(아리카와 히로 지음 | 은행나무) 중에서

《고양이 여행 리포트》는 몇 해 전에 번역한 소설이다. 번역하면서 나무가 떠나면 이 책을 다시 한번 읽어야지 생각했다. 모든 반려동물과 보호자는 언젠가는 어떤 형태로든 헤어진다.

이 소설의 주인공 길고양이 나나와 젊은 남자 사토루도 헤어졌다. 눈물 줄줄 흘리면서 마지막 책장을 덮었지만, 가슴속에 퍼지는 것은 슬픔이나 안타까움이 아니라 훈훈함이나 흐뭇함 같은 긍정적인 감정이었다. 나도 나무가 떠나면 행복했던 것만 기억해야지, 다짐했다. 그 다짐대로 나무가 떠난 뒤, 행복했던 기억만 반추하고 있다. 기억을 탈탈 털어보면 미안한 일도 있고, 아쉬운 일도 있지만, 잠시도 쉬

지 않고 사랑한 기억이 압도적이다.

　오랜만에 이 책을 꺼내 다시 읽었다. 길고양이 나나는 영리하여 조카를 잃은 사토루의 이모가 슬퍼할 새 없으라고 티슈 상자에서 티슈를 마구 뽑아서 사방을 어지럽힌다. 나무도 정하가 없을 때는 사방에 두루마리 휴지 물어뜯어 놓았는데, 엄마가 쓸쓸할까봐 그랬던 걸까. 아닌 거 안다. 미화시키려고 해도 미화시킬 수가 없다. 휴지만 보면 환장하는 거였어. 오죽하면 먹을 수 있는 강아지용 두루마리 휴지를 개발하고 싶었다.

　눈으로는 길고양이 나나의 이야기를 읽고 있는데, 머릿속으로는 나무와 보낸 14년이 파노라마처럼 지나간다. 두 주먹 밖에 안 되는 꼬물꼬물 작은 강아지로 와서 새하얀 눈의 노견이 될 때까지, 정말로 네가 있어서 행복했다, 나무야.

소설가 오가와 이토 씨의 애도

내 작품의 대부분을 한국어로 번역해주신 남희 씨에게 얼마 전 애견 나무짱이 천국으로 여행을 떠났다는 내용의 메일이 왔다.

오가와 이토 씨의 홈페이지에 이런 글이 올라와 있어서 깜짝 놀랐다. 나무 이름을 거기서 만나다니. 오가와 이토 씨도 나도 중증의 '개 바보'여서 가끔 메일을 할 때도 서로의 반려동물 안부를 물었다. 마침 《라이온의 간식》(알에이치코리아) 번역을 맡기도 하여 겸사겸사 메일을 보내며 나무 소식을 전했다. 그랬더니 바로 이렇게 답장이 왔다.

나무짱, 천국으로 떠났군요. 삼가 명복을 빕니다.
사진 속의 나무짱, 정말로 귀엽습니다!
헤어짐은 고통스럽겠지만, 그래도 남희 씨와 따님에게 많~~~~~~은 사랑을 받아서 행복한 견생을 보냈을 거예요.

게다가 남희 씨 품에 안겨서 떠났다니, 진심으로 부럽습니다.

그리고 남희 씨도 따님도 밝게 잘 지내고 계시다니. 나무짱이 하늘에서 지켜주고 있는 거라고 생각합니다.

나무짱의 파워!

나무짱은 정말 마음이 넓고 착한 강아지였나 봅니다.

(하략)

오가와 이토 씨는 '유리네'라는 몰티즈를 키우고 있어서, 그의 에세이에는 항상 유리네 이야기가 나온다. 나무가 죽으면 나도 죽을 거야, 하던 정하처럼, 오가와 이토 씨도 유리네가 죽으면 나도 죽을 거야, 라고 종종 산문집에 쓸 정도로 자식처럼 사랑한다.

반려동물을 보낸 뒤 다들 죽고 싶을 만큼 괴로워하지만, 그 시간을 꾸역꾸역 견디다 보면 또 멀쩡하게 사는 게 사람이니까.

　오가와 이토 씨에게, 반려동물을 보낼 때 슬픔만 있는 게 아니라 잘 보냈다는 안도감도 있더라고 얘기했다. 떠나는 이유는 저마다 달라서 힘들게 가는 아이들도 있겠지만, 그 힘듦을 이제 마치고 평온한 세상으로 떠나니 그 또한 안도할 일.

　오가와 이토 씨는 홈페이지에 올린 글을 모아 산문집을 낸다. 어쩌면 우리 나무 이름이 나올지도? 유명한 소설가까지 애도해주고, 나무 견생 정말 짱이다.

광합성 하기

정하가 광합성을 하러 나가자고 해서 중랑천 둑길에 갔다. 나무가 떠난 뒤 둑길에 같이 간 건 처음이다. 즐겁게 나무 얘기를 나누었고, 산책 나온 개들한테 일일이 아는 척하며 반가워했다. 처음 보는 개들이지만. 오늘도 우리의 화제는 대부분이 나무 찬양이다. 누가 들으면 최소 도시 하나 구하고 죽은, 훌륭한 개 이야기를 하는 줄 알 것 같다.

"시부야역 앞의 하치처럼 나무도 우리 동네 지하철 역 앞에 동상 하나 만들어주면 좋겠다."

유치한 농담을 해놓고 서로 맞아, 맞아, 하며 좋다고 깔깔 웃었다. 나무가 떠난 뒤에도 나무 덕분에 웃는다.

가끔은 울기도

정하랑 나무 얘기하다 오랜만에 같이 울었다. 둘 중 한 사람이 나무 생각하며 눈물을 글썽이면 다른 한 사람이 "갓생갓사였어. 그렇게 잘 살다 갔는데 왜 울어" 하고 쿨을 떨어서 눈물 뚝 그치게 했는데……. 슬슬 쿨발이 떨어진 모양이다. 그래, 이 정도도 울어주지 않으면 나무가 하늘에서 서운해하겠지. 자기 보내놓고 맨날 하하호호하고 있다고.

나무야, 너는 우리 눈앞에서 우리 마음으로 이사 온 것뿐이잖아. 그래서 슬퍼하지 않는 거야.

추석에 코커 스패니얼을 임보하다

"추석에는 우리 나무 제사 지내주자" 하고 정하와 소꿉장난하는 마음으로 즐겁게 계획하고 있었는데, 당근마켓의 커뮤니티에 이런 글이 올라왔다.

시댁에서 개털을 너무 싫어해서 명절에 데려가지 못해요.
호텔링을 해야 할 것 같은데 어떻게 알아봐야 할지 막막하네요.
1박 2일 추천 업체나 맡아주실 분 계실까요.

애견 호텔마다 비용과 급이 다르고 관리자의 마음가짐이 다를 테니 모두 그렇진 않겠지만, 사전 답사를 가본 바 우리 동네 애견 호텔은 최악이었다. 저 당근 님도 우리 동네 주민이니 혹시나 그 애견 호텔에 맡길까봐 걱정이 됐다. 차라리 우리가 맡아줄까. 개를 맡기기에 우리 집은 최적이다. 일단 맡는 사람 신분 보장, 가족은 단둘. 둘 다

개라면 환장하는 애견인, 집에 애견용 캔과 간식 완비. 옵션으로 애견 장난감까지. 문제는 내가 일이 너무 바쁘다. 그래서 갈등했더니, 정하는 우리가 맡아주자고 했다. 쓸쓸한 명절보다 강아지라도 있는 게 나으려나. 그래서 댓글을 달았다.

제가 봐드릴게요.

추석 전날 당근 님이 데려온 아이는 갈색 코커 스패니얼이었다. 꽤 덩치가 있다. 당근 님도 개를 키운 적이 한 번도 없는데, 어느 날 인터넷에서 유기견 공고 사진을 보고 홀린 듯이 전라도까지 내려가서 데리고 왔다고 한다. 감동 사연의 주인공 코커다.

유기견 시절 기억 때문인지 갈색 코커는 우리 집에 왔을 때 이미 불안으로 가득해서 보호자에게 찰싹 붙어 있었다. 추르를 주며 환심을 사려 했으나, '주는 건 먹겠다만' 하듯이 후다닥 먹고 다시 보호자 옆으로. 보호자에게 "내일 꼭 데리러 온다고 아이한테 말해주세요" 그랬더니, "내일 데리러 올게" 하고 갔다.

보호자가 가자마자 이것은 눈물 없이 볼 수 없는 단장의 미아리고 개. 코커는 현관에서 베란다 창문까지 집 안을 횡단하며 날아다녔다. 탈출할 출구를 찾는 것이다. 그러다 보호자가 떠난 현관문을 박박박 긁어대더니 그 앞에서 망부석이 됐다. 간식으로 유혹하면 얼른 먹고 다시 현관으로. 정 그럴거면 편히 있으라고 현관에 박스를 여러 개 겹쳐서 깐 다음 보호자가 갖고 온 대형 패드를 깔아서 안락한 임시 쉼터를 만들어주었다. 기다리다 지치면 들어오겠지, 하고. 그런데 깔자마자 거실로 들어왔다. 애야······.

버림받은 듯이 울부짖던 아이는 집에 온 지 30분도 되지 않아 우리 옆에 누워서 뒹굴었다. 진심이 빨리 통해서 다행이다. 사람 보는 눈이 탁월한 아이다. 코커가 어쩜 그렇게 순하고 착한지 아이한테 반할 지경이었다. 한 가지 문제는 나무처럼 껌딱지라는 섯. 내가 옆에 앉아 있어야 안정을 해서 일이 바빴지만, 마음을 비우고 이 녀석하고만 있어야 했다. 잠깐 장을 보고 왔더니, 헤어진 엄마라도 만난 듯이 매달리며 반가워했다. 우……리 만난 지 3시간도 안 됐잖니. 마음씨 착한 새엄마가 된 기분이다.

추석 당일 엄마한테 가야 하는데, 우리가 둘 다 집을 비우면 어제처럼 그렇게 집 안을 날아다니며 불안해할까봐 정하는 집에서 아이를 보기로 했다. 임보 강아지 때문에 추석 쇠러 못 가는 웃긴 상황. 코커는 전날의 긴장이 풀렸는지 같이 침대에 누워서 정신없이 잔다며 정하가 사진을 보냈다. 모처럼 개와 함께 놀고, 자고, 즐거웠지만, 가고 난 뒤 마음이 홀가분한 걸 보니 역시 개를 키우는 것은 힘든 일이다. 유기견 봉사하는 분들 정말 대단하시다.

나무를 보낸 첫 추석은 이렇게 보냈다. 갑작스런 임보로 정신이 없어서 나무 제사 지내기로 한 것도 잊어버렸다.

나무야, 요즘 사람도 제사를 없애는 추세래.

나무 뒷담화

"엄마 오늘 나무랑 얘기 많이 했다."

"나무가 뭐래?"

"살았을 때도 엄마 말 씹던 애가 죽어서 대답하겠냐."

"맞아, 나무는 다 알아들으면서 우리 말 씹었어."

우리는 한참 동안 사람 말을 개무시하던 나무 뒷담화를 했다.

이렇게 즐거운 뒷담화라니.

나무의 유품은 유기견들에게

개들은 세상을 떠나기 전에 보호자의 모습을 눈에 담고 가려고 온 힘을 다해 버틴다는 글을 보다 울었다. 우리 나무는 실명된 뒤, 가족을 못 본 지 2년이 지났는데. 그래도 나무는 엄마와 언니를 마음에 담고 갔겠지. 그런 생각을 하며 무심히 시선을 든 곳에 나무 장난감, 옷, 방석, 집, 목줄, 슬링 백 등등 나무 물품을 담아놓은 상자가 있었다.

아, 이제 저 아이들과도 헤어져야겠구나……

다 갖고 있고 싶었다. 나무와 관련된 모든 것을. 그리울 때마다 만지고 싶고 보고 싶었다. 그러나 실제로 갖고 있다 보니 그렇게 되지 않았다. 상자에 있는 것은 상자 속에서, 옷장에 있는 것은 옷장 속에서 그대로 있다. 그렇다면 이것을 유용하게 쓸 유기견 보호소에 보내는 게 좋지 않을까?

갖고 있지 않다고 나무를 잊는 것도 아니고 나무를 사랑하지 않는 것도 아니다. 우리 집에서 추억이란 이름으로 쓰레기가 되느니, 보호소 아이들이 잘 쓴다면 나무도 좋아하겠지. 아니, 뭐, 나무는 이러나 저러나 아무 생각이 없는 아이였긴 하지만.

　나무 유품을 보내는 길에 기왕이면 더 많은 물품을 보내고 싶어 온라인으로 조촐하게 '유기견 돕기 사인본 판매'를 했다. 의외로 유기견을 돕고 싶어하는 분들이 많아서, 즉흥적인 행사는 대성공! 100권 가까운 책을 팔아서 나무 친구들에게 많은 선물을 보낼 수 있었다. 나무 덕분에 유기견을 돕는 기쁨까지 알게 됐다.

나무가 떠난 2020년을 보내며

코로나, 코로나 하다 보니 한 해가 다 갔다.

나무가 떠나고 몇 달 뒤에 우리 취준생 정하도 취업했다. 중학생 때, 언니가 돈 벌면 둘이 살자고 붙들고 울더니 나무는 역시 기다려 주지 않았다. 그러나 취준생이었던 덕분에 나무와의 마지막 1년, 온전히 나무와 함께 보낼 수 있었다. 큰 행운이었다. 졸업하고 바로 취업했더라면 사회초년생 생활 바쁘고 힘들어서 나무에게 신경 쓸 여유가 없었을 텐데 말이다. 취업이야 언제든 하겠지만, 나무와 함께할 수 있는 시간은 한정된 것. 나는 나대로 올 초에 나온 산문집이 좋은 평을 들어서 기쁘고 감사하다.

나무가 떠난 2020년, 아이러니하게도 내게 올해의 키워드는 '감사'였다.

나무가 없는 세상

　나무를 보낸 뒤에 쓴 산문집《혼자여서 좋은 직업》(마음산책)이 출간됐다. "누구와 함께 이 기쁨을?" 하고 묻는다면, 정히 다음에는 당연히 나무다. 그런데 함께할 나무가 없다. 처음으로 나무의 부재에 목이 멨다. 나무 유골함 앞에서 "나무야, 엄마, 책⋯⋯" 하는데 울음이 터져서 얼른 자리를 떠났다. 그래, 나무는 까막눈이어서 아무것도 모르는걸 말하면 뭐해.

　마마걸이었던 나무는 내가 일하고 있으면 항상 내 책상 밑에 있었지만, 실명한 뒤로는 책상 쪽으로 잘 오지 않았다. 보이지 않아서 그랬을까. 후각을 쓰지 않는 우리 개. 그런데 떠나기 한 달 전부터 자주 책상 근처에 와서 누웠다. 시력을 되찾은 것도 아닌데 그것은 무슨 힘이었을까.

　일하다 옆에 와서 누워 있는 나무를 보며, 언젠가 저 옆에 같이 누워서 쓰다듬어주지 않은 걸 후회하겠지, 했는데 그 언젠가가 바로 한

달 뒤일 줄이야. 하필이면 나무가 떠나던 해에 나는 왜 그렇게 바빴는지. 나무한테 이렇게 말하면 "내가 살아 있는 동안 맨날 바빴잖아"라고 할지도 모른다. 그랬지, 미안해. 시한부인 아이와 24시간 같이 뒹굴며 놀아야 했는데. 왜 하루하루 갈수록 나무가 오래 살 거란 근거 없는 믿음이 커져서 긴장을 풀었는지. 처음 간암 선고 받았을 때의 그 마음으로 남은 날 잠시도 떨어지지 말고 보내야 했는데.

나무야, 엄마랑 언니는 너를 하루 더 안는 것보다 네가 하루 덜 아픈 게 더 감사했단다. 다시는 개로도 사람으로도 태어나지 말고, 많은 시간이 흘러야 할지도 모르겠지만 우리가 너를 찾아갈 때까지 그곳에서 잘 지내주렴.

벌써 1년

벌써 계절이 한 바퀴 돌아서 나무가 떠난 여름이 왔다가 또 지나고 있다. 언제나 같이 살고 있는 나무이고, 매일 나무와 대화를 하지만(대답은 없어도), 1주기가 다가오니 가슴이 아파왔다. 이제 어느 정도 굳은살이 됐다고 생각했는데, 아직 파헤쳐진 그대로였다. 우리는 눈물 풍선의 주둥이를 묶지 않은 채 들고 있는 상태인지도 모르겠다. 잠시라도 방심하면 금세 쏟아질 눈물 풍선. 나무 덕분에 게으른 내가 사계를 보며 살았는데, 나무가 떠난 뒤에는 한 해 동안 중랑천 둑길의 꽃 한 송이, 낙엽 한 장 제대로 보질 못했네.

나무를 볼 때마다 이 귀여운 것이 어떻게 세상에 없을 수가 있을까? 그 세상을 어떻게 살아갈 수 있을까? 그런 생각 많이 했는데, 그 귀여운 것은 세상을 떠났고, 그 세상을 무심하게 살고 있다.

나무야, 지금 네가 있는 곳은 춥니? 하고 물으려 해도 다 아는 온도라. 우리 방 안 온도 25도지. 수의사 선생님이 아이들을 보낸 뒤의

슬픔보다 아이들이 잊히는 게 더 슬프다고 하시던데, 그 말이 이해가
간다. 나무가 없는 생활에 익숙해져가는 것도 한편으론 슬픈 일이다.

　14년 동안 나무와 같이 자느라 멀쩡한 내 방 침대를 놔두고 거실
에서 잤다. 그리고 눈 뜨면 나무 사진부터 찍었다. 자는 동안 몇 시간
못 봤을 뿐인데 그렇게 반갑고 귀엽다. 정하나 내가 나무와 찍은 사
진을 보면 우리 모녀가 서로를 볼 때는 볼 수 없는, 세상 사랑 다 담
긴 표정과 눈길이다. 역시 이런 성모 마리아 같은 표정은 아기나 반
려동물을 바라볼 때만 나오는 걸까. 날마다 수없이 찍은 사진이 없었
더라면 우리가 나무라는 강아지와 함께한 것은 그냥 낮잠 자다 꾼 꿈
이었다고 생각할 것 같다. 너무 행복하고 달콤한 꿈을 꾸었지만 자고
나면 잘 기억나지 않는 꿈.

　오늘도 나무 유골함 앞에 물을 떠놓으며 "우리 강아지 잘 자떠
요?" 하고 인사했다. 이승에서의 나무나 저승에서의 나무나 똑같이

사랑스럽다. 이제 더 이상 늙지 않고 나이 먹지 않을 나무. 늘 그 자리에서 우리를 지켜줄 나무.

　"나무야, 오늘도 재미있게 놀자. 엄마 책 잘 나가게 해주고 언니 멋진 남자친구 만나게 해주고."

　말도 안 되는 주문을 너무 많이 해서 나무가 "아우, 짜증나, 괜히 죽어가지고" 하고 후회할지도 모르겠다.

나는 잘 지내요

"우리 강아지, 잘 자떠요?"

엄마는 오늘 아침에도 일어나자마자 내게 와서 이렇게 인사를 했다. 예전에는 이렇게 인사하고 눈곱 묻은 얼굴을 내 얼굴에다 부비부비했다. "님, 세수 좀"이라고 말하고 싶었지만, 세수를 하지 않은 건 피차일반이어서 십여 년을 그냥 넘어갔다. 뽀뽀만은 참을 수 없어서 앞발로 힘껏 걷어찼지만. 오글거리는 짓은 영 내 체질에 맞지 않는다. 그런데 2년 전부터 엄마는 그런 눈곱 떨어지는 아침 인사를 하지 않게 됐다. 대신 예쁜 잔에 물을 떠서 갖다 준다.

그렇다. 나는 사람들이 말하는 무지개다리를 건너서 하늘나라에 왔다. 생일상 잘 차려먹고 다음 날 세상 떠난 복 받은 노견이 바로 나다. 열네 살 생일이라고 엄마가 소고기미역국 끓여주어서 두 그릇이나 먹고 다음 날 바로 이리로 왔다. 너무나 갑작스럽긴 했지만, 죽음이란 게 예고 없는 것이겠지. 그래도 오기 전날 엄마랑 언니랑 택시 타고 외출도 하고(병원이었지만), 산책도 하고(좀 덥더라), 집에 돌아와서 엄마한테 안겨 있다가 와서 아쉬움은 덜하다. 옆에서 언니가 종일 나를 위해 울어주었고, 이모랑 미송언니랑 주환이가 배웅해주어서 행복한 마음으로 잘 왔다.

장례식장이란 곳은 내가 가본 곳 중 가장 멋지더라. 대개 멋진 건물들은 나를 못 들어오게 하는데, 그곳은 나를 환영하는 것 같았다. 그렇게 멋진 곳에서 이별하는 것, 좀 근사했다. 특히 바구니에 담긴 포근한 이불에 나를 눕혀주어서 너무 좋았다. 집에선 덮어본 적 없는 고급 이불은 날개처럼 가볍고 따스했다. 포근한 이불 덮고 누워 있으니 잠이 솔솔 오더라. 엄마와 언니는 내가 자는 모습이 예뻐죽겠다고 머리맡에 앉아서 연신 쓰다듬으며 재잘재잘재잘. 어이, 님들, 내가 떠나는데 슬프지도 않아? 그러다 가끔 눈물도 보였지만, 거의 봄 소풍 가는 길 배웅 나온 사람들 같아서 살짝 섭섭할 뻔했다.

나 가고 나면 마음 여린 이 사람들 식음 전폐하지 않을까 걱정했더니 만구 쓸데없는 걱정이었다. 엄마랑 언니는 내가 많이 아프기 전에 떠나는 게 그리 다행이라고 한다. 어쩐지 두 사람, 간암이란 말을 들었을 때는 '아니, 내가 죽은 것도 아닌데 왜 저렇게 우는 거야' 싶을 정도로 매일 울더니, 정작 죽고 나니 별로 울지 않더라니. 엄마와 언니의 재잘거림을 자장가 삼아 요람 속의 나는 더 깊은 잠에 빠졌다. 깨어보니 무지개다리인가 뭔가를 건넜더라.

아직 하늘나라에서 짬밥도 얼마 안 되는 나한테 엄마는 물 한 잔 떠놓고 매일 뭘 그렇게 비는지. 못 들어주는 개, 미안하게.

아 참, 내가 떠나고 난 뒤에 언니 취직했더라. 축하해. 엄마가 "우리 나무가 취직하게 해줬나봐" 하던데, 나 아냐, 아냐. 짬밥이 안 된다니까. "언니가 월급 타면 맛있는 것 많이 사줄게" 하고 몇 년째 약속했는데 못 얻어먹었네. 대신 엄마랑 맛있는 것 먹으면서 내 생각해줘.

나는 여기서 진이 엄마(출생의 비밀을 여기 와서 알았네. 나랑 똑 닮은 친엄마가 있지 뭐야)랑 나만 보면 때리던 공주 언니랑 이름만 들었던 뽀돌이 오빠랑 구우 할배랑 잘 지내고 있을게. 엄마랑 언니랑은 거기서 오래오래 살다가 나 꼭 데리러 와야 돼.

　내가 무뚝뚝해서 표현하지 않았는데 엄마랑 언니 진짜 사랑해.

　우리 동물병원 수의사 선생님도요. 나중에 좀 싫어하기도 했지만 그건 아파서 그랬어요. 엄마가 선생님이 제 생명의 은인이라고 언제나 말했어요. 고마웠어요.

　참, 나를 닮았다고 하던 선생님네 마루도 만났어요. 근데 내가 좀 더 예쁜 것 같아요.

　다들 행복하게 잘 살다가 여기서 만나요.

　제일 잘 보이는 무지개다리 입구에서 기다리고 있을게요!

　안녕!

이 모든 게 착한 나무가 주고 간 선물이다.

어느 날 마음속에 나무를 심었다

My Dog's Diary

초판 1쇄 발행 **2022년 6월 27일**
초판 2쇄 발행 **2022년 7월 18일**

지은이 **권남희**
펴낸이 **고미영**

편집 **정선재**
디자인 **최정윤 조아름**
마케팅 **황승현 나해진**
홍보 **씨네핀하우스**
브랜딩 **함유지 함근아 김희숙 박민재 박진희 정승민**
제작 **강신은 김동욱 임현식**
제작처 **한영문화사**

펴낸곳 **(주)이봄**
출판등록 **2014년 7월 6일 제406-2014-000064호**
주소 **10881 경기도 파주시 회동길 455-3**
전자우편 **yibom@yibombook.com**
팩스 **031-955-8855**
문의전화 **031-8071-8673(마케팅) 031-955-9981~3(편집)**

ISBN **979-11-90582-61-2 03810**

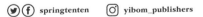

springtenten   yibom_publishers